图书在版编目（CIP）数据

幸福有罪／佐耳著. —北京：新星出版社，2012.1
ISBN 978-7-5133-0414-6

Ⅰ.①幸… Ⅱ.①佐… Ⅲ.①长篇小说-中国-当代
Ⅳ.①I247.5

中国版本图书馆 CIP 数据核字（2011）第 207036 号

幸福有罪
佐耳 著

策　　　划：高　磊
责 任 编 辑：高　磊
责 任 印 制：韦　舰
装 帧 设 计：笑笑生设计
剧　　　照：文淑惠

出 版 发 行：新星出版社
出　版　人：谢　刚
社　　　址：北京市西城区车公庄大街丙 3 号楼　100044
网　　　址：www.newstarpress.com
电　　　话：010-88310888
传　　　真：010-65270449
法 律 顾 问：北京市大成律师事务所

读 者 服 务：010-88310800　service@newstarpress.com
邮 购 地 址：北京市西城区车公庄大街丙 3 号楼　100044

印　　　刷：北京尚唐印刷包装有限公司
开　　　本：880×1230　1/32
印　　　张：5.5
字　　　数：127 千字
版　　　次：2012 年 1 月第一版　2012 年 1 月第一次印刷
书　　　号：ISBN 978-7-5133-0414-6
定　　　价：26.00 元

版权专有，侵权必究；如有质量问题，请与出版社联系更换。

目录 Contents

序 /001

第一章 /001

第二章 /063

第三章 /081

第四章 /113

第五章 /137

第六章 /141

《幸福额度》幕后故事 /149

序

　　过了三十岁，最怕的是虚度光阴，有这样的想法，日子怎么过都跟自己拧着。

　　活下去是一件让我特别紧张的事情。

　　我在人群里总是特别沉默，不会说话，后来自言自语都不会了，于是从2007年到2010年，我开始写《我和我的孤儿》（"孤儿三部曲"第二部，第一部是《阿耳的海豚音》），这本小说格外难写。

　　我设想，写完"孤儿三部曲"，就再也不要这样生活，找一块地去种，吃自己的菜，养自己的鸟儿。

　　寻找是命。是吗？

　　我从小就老想一群好友一起吃吃喝喝过一生，可总我一人儿，一点儿辙都没有。

　　一次饭局，一对夫妻吵翻了，丈夫给妻子一个耳光，妻子又给丈夫一个耳光，他俩一下站起身，对视片刻，丈夫又给妻子一个耳光，妻子又给丈夫一个耳光，在座的都吓傻了，只有我笑了起来。不会说话的人笑得也不对。

小学时全班打我，一直打到中学，我爸对我不错，只打到我小学就住手了。

有一次跟狗子赵赵他们喝酒，换地儿的路上，我突然对走在前面的狗子踹了一脚。

"你为什么踹我，就因为我长得难看？"狗子当时不解地问。

那是我一路挨打历史上第一次还击，赵赵说我有隐藏的暴力倾向。狗子被踹得把住一棵树，"树叶哗愣愣掉落，狗子倒下去的同时碰掉了一块墙砖。"张弛回忆说。

王朔说我们这几代的孩子都有肌肤饥渴症，有一天我摸了一下自己，差点儿哭了。

我不知道你们有没有过那种感觉，就是觉得自己已经死了。中间的一段时间穿过沸沸扬扬的宴会，走下去就是隧道。

没人可以自救——掀翻命运的自救不存在，唯一的办法是自悟。

有人一直要说话，有人一直要沉默，都得吃，都得喝。找什么才是对的呢？

《我和我的孤儿》讲的是一个人越变越小的故事，小说最后他变成了婴儿。写完的时候，我才看到《返老还童》。商店里卖的东西都有被人忽略的灵魂，有时就重叠了。这才是不孤独。

本来我想写的第三部小说应该是《幸福有罪》这个样子，再加点儿东西就是了，现在我打算重新写一个。

没有什么为人类做出贡献，精神的也好，物质的也罢，都没有，唯有特别沮丧的三个字，活下去。好像是晨曦中透过树叶的阳光，照进窗子。树叶在远处。

佐　耳

于2011年10月10日星期一

第一章 CHAPTER 1

我叫k，是名电影演员，一天，电影杀青回家的路上，远远看到树底下有一个红色的本本。清晨四点，街上没什么人，偶尔有老头捶自己的肩膀走过。我不是一个爱捡东西的人，可是，这个红色的本子有那么一股气息吸引着我。

我停下车捡起它，擦干净上面的灰尘，翻开第一页，扉页上，写着下面的字——

我不知道莫晓青是否发现，妈和爸看我们的眼神不一样。

"我和莫晓红是一卵的双胞胎。"莫晓青见谁跟谁解释，"我爸的两个精子，我妈的一个卵子，戴眼镜的是我，叫莫晓青，不戴的是我姐，叫莫晓红，分清了么？"

"你是你爸的哪个精子？"曾经有个坏人问她。

"戴眼镜的那个呗。"她用胶水一样的眼神看对方。

莫晓青是个女傻子。

6岁的时候，爸练气功，让我和莫晓青站肚子上，那时我们俩加起来有80斤。他肚子鼓得够呛。妈从厨房进来，一看就吃醋了：

"不要搞错人了！"她说。

我曾经假装睡在地板上，希望爸把我抱起来，就像抱一个死去的可怜姑娘那样，结果他抱起了睡在床上的莫晓青，把她放到了另一张床上。

即便这样，我也希望，爸在离婚的时候选择我……

我跟我妈李阿凤了。

并不是我固执地认为爸可能对我好一点，只是，妈和爸看我们的眼神不一样。

8岁，我丢了妹妹和爸爸。改名叫李晓红。

从那时起记日记。

我喜欢把生活分成一截一截，一块一块，一亩一亩，一片一片。方便日后鼓起腮帮子吹着泡泡看它。

我合上日记，太困了，这本日记纸张脆脆的，看上去至少有10多年了吧，往下翻的时候，就觉得又厚又重，浸满了岁月的痕迹。

一觉醒来，已经是早晨，做了一杯咖啡，红色的桌子上放着那本红色的日记，忍不住又往下翻，一下被吸引了。

2月4日

养一只狗，狗会比你先死，养一只鸟，鸟会比你先死，但是，养一个人，你却要比她先死。李阿凤深深知道这一点，尤其是她早晨帮我梳头的时候。

"头发像缎子似的。"她帮我绑头绳儿。

"妈你能轻点么？"齁疼齁疼。我甩脑袋。

"明儿张叔来家，会说点儿话。"

"哪个叔来家我不会说话了？"

刚离婚的时候，她特紧张我，有病就小米粥红糖鸡蛋看我吃完才踏实，平常就黑芝麻糊核桃糊银耳粥喂着，晚上吃完饭就张罗遛弯儿，一定要我跨着胳膊，谁见我们都打招呼。

"呦，你姑娘漂亮，像你。"

"这是姐还是妹啊，好看，水灵。"

那会儿她孤着，全靠人家呲好话支撑呢。

离婚一年的时候还问问莫晓青的情况，学习好不好，谈着谈着就谈我爸那儿了，这让我十分不明白，她当初是怎么嫁给这个反面典型的。她要我也说两句，她一直认为我这方面文采飞扬，我咽了口唾沫：

"爸他凭什么呀，我们哪点儿配不上他啊？"

"什么叫我们配不上他？"她问。

"您配得上更好的。"我灵机一动，"可是，妈，他选择了莫晓青，这都有个上下高低。"

她怔了一下，笑了，点我额头：

"脆玲儿劲儿的。可谁是上谁是下啊？"

"先选的是上，被动的是下。"

他们离婚是因为李阿凤有外遇。结果她一离离俩——男友也走了。

从那次起，她给我梳头就疼，也不爱遛弯儿了。我不是莫晓青。

现在李阿凤都换了三个男朋友了。我才17岁。

3月30日

　　平常老出现的声音，比如拖拉机，摩托车，知了，都会被人忽略，但是如果在这些声音中突然冒出敲门声，会造成当事人一愣。李阿凤深深明白这一点。所以，冷不丁插一句嘴，成了她的强项。

　　"她小时候苦呢，尽受虐了。"李阿凤见我跟张叔聊得热火朝天，来了一句。

　　"妈你能好好说话吗？"我被她吓了一跳。

　　"老觉得谁都欠你。"她把切好的苹果递给我。

　　"李晓红，就是大家都理亏晓红的意思。"我用手夹着苹果递到嘴里。

　　"李晓红，我清楚明白地告儿你，女孩多坏都行，就是不能觉得谁都欠你。"

　　"您这像妈说的话么。"我学我爸。

　　"看电影不看？"张叔打圆场。

　　"不看。"她手直抖。

　　"我去。"

　　张叔犹豫着。

　　"太晚了，你回去吧。"李阿凤站起身送客。

　　我当时在跟张叔说爸偷着带莫晓青吃烤鸭的事儿。我知道李阿凤为什么不高兴，我没提她。

　　李阿凤大半夜洗盘子，一个一个浸在水池里，再捞上来。背影孤零零的。我想拽拽她，跟她说，我错了。一直到上床，我都觉得我已经说过了。她听不见。都是水声。

　　很小的时候，我曾经跟她在一个晚上做过一个梦。

有人敲我家的门，我去开，她站在我身后。门开了，站在门口的是另一个我，赤身；李阿凤的梦里看到两个我，面对面站着，一个穿衣服，一个没穿。

就这个梦，我们在一起，梦里梦外都是在一起。轮回转世达成共识，也就是那么一刻。

5月5日

父母让我和莫晓青小学、中学在一起读。她跟女孩儿扎堆儿，我跟男孩儿。各忙各的。她的头发被我爸梳得像蜂窝，小学时都是我帮她重梳。有时她会问起李阿凤。

李阿凤要结婚了。我爸只有莫晓青。

错得像一只鸟儿含着羽毛睡觉结果堵住了鼻息。

今天是婚礼前夜，我们坐在一起看电视。

"这个女演员我不喜欢。"我摆弄着她的婚纱。

"哪个？"她从我手里把婚纱抢了过去，脸上还挂着海藻泥。

"说话这个。"

"叫什么？"

"兵兵。"

"嗯，天生长了个烦人样儿。"

"哎哟，妈，你真好。"

"我是你妈。"她乐了。

到了欢乐的节骨眼儿上，突然就不知道该说什么好了，和谐是极限，再往前走，就是战争，原地不动是一种修行。她一对我客气我就膝盖发抖。

以后我要多想念这段日子。

莫晓青在床边儿上收拾她的衣服。告别的却是我。之前所有人都在。

8月10日

张叔用白牙齿微笑，用眼睛说话，呼出的是可人的妩媚和理解。

他把香葱倒进馅儿里，往热锅里磕鸡蛋，一个一个。周末是西

餐是牛扒是比萨是沙拉。我喝可乐,他们喝红酒。李阿凤像爷们儿那样把红酒一口干掉。

"爸,你没有自己的小孩吗?"

"以前不是告诉过你吗,张叔没结过婚。"李阿凤又一口喝尽。

"我就是想叫声爸。"

"这孩子。"张叔用细手指摸我的头。

"回莫晓青家……"

她想说,回莫晓青家叫去,又收回去了。

真觉得生命齁咸齁咸的八苦八苦的硌硬硌硬的。

张叔每天早晨开车送我和李阿凤。李阿凤是护士长。张叔把车停在校门口,跟我聊天,当莫晓青出现在后视镜里,我下车。莫晓青是摩羯座极品女,对那名牌车连看都不看。

"她跟你不一样。"张叔评价莫晓青。

"谁要跟傻子比傻。"我说。

"她是要别人开心,你是要自己开心。"

"可我不开心。"

"你要别人认同你,这不容易。"

张叔是社长,不看韩剧是不会明白社长有多大官儿有多时髦。可张叔是杂志社的社长。

"陪我去买衣服吧。"

"旷课?"

"放学后你就电话她说,晚点儿回去,带晓红去买衣服!"

西单给17岁女孩穿的衣服并不多。我从试衣间出来,张叔呶呶嘴巴,想拒绝的理由:

"晓红……"

"晓红，破铁丝儿红。"我撇撇嘴，回试衣间脱衣服。

"烂搅丝儿红。"他不忍心了，来到试衣间门口，"要不，买了吧？"

"要不，买了吧？"我学他。

他给李阿凤买了好多化妆品和贵的东西，不然回去没法说。为了对上时间，我们去吃一顿烤鸭，慢慢吃完，时间还是对不上，不得不去看了一场电影。

"莫晓青呢？你们穿得这么不同，不像双胞胎了。怎么办？"张叔把卷好的烤鸭递给我。

"从来就没一样过。"我说。

莫晓青把布娃娃的线头一根一根捋清楚，那里面有许多可以获知的东西，莫晓青从来都不说。

其实她什么都不知道。她不明白为什么我可以有许多衣服，因为我从来把自己当布娃娃。我给自己买衣服，她把钱都用来买书了。好像将来会成为什么似的。夏天只有手里挂白霜的紫雪糕能证明我们是双胞胎。

"这还差不多。"李阿凤打开一袋袋衣服的时候，喜不自禁，"晓红，穿上你的，给我看看。"

一件件穿给她看，她的评价从来没有重复过。都是好话，听着危险。

今天约了导演谈一个电影的合作，坐在咖啡馆里边等边看下去。

凭借一名演员的敏锐，我对张叔这个人很感兴趣，我觉得，这个人背后一定有故事。我想知道这个人从哪儿来，从前都跟什么人在一起。

8月20日

张叔把我房间的墙壁刷成粉红色，我只负责考大学，不负责读书。书架是空的。他们的房间是蓝色，李阿凤把她的书放进我房间，我假装丢在了客厅。我们的家焕然一新。

"这个家好还是原来那个家好？"李阿凤把面条捞凉水里吹凉。

"原来那个一家四口，三口人不把我当玩意儿。"我用水将麻酱打开。

"张叔比你爸好？"她开始切黄瓜丝。

"这个问题应该您自己来回答，"我义正词严，"对于幸福，我只是您的配角，您决定我的命运，虽然那不重要。"

"你得清楚，他不是你亲爸……"她突然回头，愣住了。

张叔捧着一个西瓜站在门口，脸上挂着笑，看人的时候，嘴角飘移到眼睛的，都是爱情。我和李阿凤都愣住了。张叔把西瓜放进冰箱。

"谁做得好吃？"吃饭时我问。

"都好吃。"他说。

"谁都不得罪可就是谁都得罪了。"我扔起筷子。

李阿凤一句话都没说，刷碗的时候，裤子掉落下去，露出半个屁股，她都没发觉。这瘦得也太快了。我从冰箱里搬出西瓜。张叔切西瓜。一片一片，他很专注。

我想说些像样的话儿，整齐地排列在墙上，作为我告别少年时代的标志。我的墙上除了电影明星的照片，什么都没有，这让我觉得空虚。

"你墙上都贴什么？"我问莫晓青。

"世界地图，奖状，学习计划呗。"她说。

"那你空虚时怎么办？"

"干吗空虚？"她乐了。

她坐在父亲的怀抱里，她数星星，她安静地吃饭，直到出嫁那一天。他就喜欢她那样。可张叔喜欢我这样，我爸永远也看不到叶子后面的我。张叔走了过去。我在哭泣。我需要一个肩膀。

8月31日（一）

莫晓青吃东西时总是把食物用筷子点成一小块一小块，比如一块土豆，她能吃上十多口。我爸说她像只小家雀，只舔筷子头那一点点儿。

"你像猫。"张叔递给我一包饼干。

我把饼干放入旅行包。

"你真多事儿。"我说。

没人知道我是如何吃东西。没意义。现在不再一样。李阿凤探进我房间，扫了我一眼："你干脆光着算了。快点儿，飞机要晚点了。"

我穿一件吊带儿，一个短裤。张叔美国出差带回来的。给李阿凤的是香水。

傍晚十分，到达深圳，我们住在小梅沙。张叔的朋友开来一辆车，借我们作为这几天度假的交通工具。

我和李阿凤穿上游泳衣跳进海里，只看得到月亮，张叔坐在岸上抽烟，我指给李阿凤看。

"没人啊。"她说。

上了岸，除了工作人员在打扫沙滩，真的没有人。

早晨，我下楼来到餐厅，除了张叔，就是工作人员。李阿凤呢？我用眼睛问张叔。

"她感冒了。"张叔递给我一盘肠粉，"想多睡一会儿。"

"今天去哪儿？"

"进市区转转。"

亚热带潮湿闷热，头发几乎能顺出水来。虽然开着空调，张叔的脸上汗水一滴滴落下。我把手放他肩膀上，用袖子擦他。肚子一下就热了，往事历历在目。

"逃走吧。"我说。

"别胡说。"他笑。

"我不喜欢现在的生活，每天一个动作，腻味。"我说。

一个急刹车。

他把头轻轻抵在我的额头上，我用手掌盖住他的脖子。他在哭，泪水一滴滴落下。

"就这样走掉吧，一辈子也不分开。"这不是一个17岁女孩该说的话，"有爸爸这个家才像一个家。"

他哭得太凶，他一句话也说不出来。

他哭，他为什么哭？因为晓红让他带着走？"有爸爸的家才像一个家"——这是《我和爸爸》里的台词。我真对日记主人刮目相看了。如果他们真走了，李阿凤该怎么办啊？我挺同情她的。其实这几个人都很可怜。

导演来了。跟我谈剧本《世界上最后一场雨》。

谈完事儿，我把日记介绍给导演，他迫不及待地翻开日记，恰好接上了我刚才看的。

8月31日（二）——9月6日

李阿凤站在小梅沙宾馆门口，她确定向她开近的车是我们的，她走过来，没忍住，跑了起来。张叔把车停下，她一下拉开车门几乎坐到了我的腿上。

"妈妈担心死了。"她一下抱住我。

张叔从后视镜看我们。

"妈妈担心死了你知道吗？"她哭了。

我什么都配不上。我在她的怀里。她已经十年没这样抱过我了。

我独自乘坐滑翔伞，张叔在底下追。仿佛他可以接住我。

李阿凤在太阳伞下嗑瓜子。

海鸥从我头顶飞过，再也落不下来。

"下来吃饭吧。"李阿凤拍拍身上的沙子。

她抬起头，见我假装没听见，突然大喊：

"晓红有能耐你一辈子在上面飘着……"

气囊囊地转身走了。

张叔把螃蟹腿儿扯下来，递给我一个，递给李阿凤一个。

"要是永远待在这儿多好。"李阿凤喝着金威啤酒说。

"你喜欢，我们每年都来。"张叔说。

"夏天不去海边儿？"我乐了，"到时候我就得意地问莫晓青。"

"我们永远在一起。"李阿凤哽咽地搂住我和张叔的肩膀，"那天，我还以为你们丢了，我都要疯了。"

没有人接她的话茬儿，这是一个没法接的话茬儿。

导演复印了日记,各自回家。

傍晚,我靠在床头继续看。

10月20日

半夜,李阿凤钻进我的被窝。

"妈妈害怕。"她说。

意识到是个梦,一下醒来。去冰箱拿水喝,一回头,却看李阿凤坐在沙发上。脸色铁青。

"妈妈害怕。"她说。

就像是我们在那个相同的梦里，但此时彼此已经相隔万里。我把水递给她。她拍拍身边，我坐下来。

"你知道妈妈当初为什么选择你吗？"

"喝水吧。"

"我爱你胜过晓青。"

"你怕她。"

"谁？"

"莫晓青。"

"怕她？"

"你太爱她，就怕伤害她，我就不然，我没那么可爱。"

"妈妈不是这样想的……"她哭了。

"妈，我是被选剩的那一个。"

用各种可能或者不可能的方式生活在一起，我们永远在一起，是我唯一的目标。我什么都不想。我也以为我什么都没想。

张叔把我们的房子收拾得干干净净，地板总是湿漉漉的。雨天时，他提着一把伞出现在校门口。周六没有吃到他的木耳芹菜猪肉水饺，我会不自觉流下眼泪。

我是被选剩的那一个，但是我已经不在乎了。

有时，李阿凤会在大夜班的时候突然跑回来。

"张叔呢？"她问。

"你大夜班的时候他都不在。"我头也不抬地做作业。

"那你一人儿好好的。"

"行。"

"你最近怎么老行行的。"

"不行。"我说。

11月1日（一）

李阿凤日夜赶做的毛衣终于织好了，那是给姥姥的生日礼物。

张叔买了一个生日蛋糕。

车上，李阿凤拿了一瓶大枣水递给我，我摇摇头。

"女孩多喝这个好。"她说。

"我不渴。"

下了车，她追在我后面：

"不喝水？"

"不喝。"

在姥姥家，她把那瓶水递给莫晓青，后者抱住她的胳臂，一口气干光了。只是，莫晓青突然盯住张叔，一脸好奇。一直到生日宴结束，她都在人群里寻找他。

"你干嘛老看他？"

"有吗？"她好像突然醒了，"觉得他怪怪的，又说不上来。"

"以前不见过吗？"

"以前他没这么……这么……"

"怎么？"

"好像暖暖的……"

"爸怎么没来？"

"妈打电话，说不让他来，怕惹姥姥伤心。"

"张叔也就坐那儿没动，要晃来晃去被姥姥发现了，生日宴非成悲剧不可。"

张叔坐在角落里一口口喝茶,茶杯里没有水。那么安详。他知道我在看他。

李阿凤挨个儿敬酒,熟悉的不熟悉的。生日宴被她闹得好不热闹。

姥姥搂着我和莫晓青时不时笑时不时哭,临走,她指指地上的落叶:

"平日里功课忙见不着,姥姥却想你们,天一凉,老我一人儿。"

莫晓青哭了起来。一直到送她回家,她的眼泪都没干。

李阿凤路上吐了三次。

上楼的时候,她拉住我的手:

"你怎么可以?"

我愣住了,回头看张叔,他手里握着钥匙,低着头想各种可能,想对策。李阿凤坐在楼梯上,眼神迷离:

"你怎么可以叫我李阿凤,我是你妈。"

"胡说呢么。"我说。

张叔捅开门,李阿凤一个箭步进了房子。

张叔给李阿凤倒了一杯水,她喝了跑进卫生间吐。出来时靠在门框上,满脸伤心:"你在日记里,叫我李阿凤。"

"你看我日记啦?"

张叔拿毛巾擦她的嘴,张叔给她脱鞋,张叔去收拾卫生间。李阿凤从包里拿出一盒烟,抽出一根,点燃。她什么时候开始抽烟的?

"你倒说说,妈妈看你的眼神和爸爸有什么不同?"

"就是你偷看我日记那种眼神。"

"晓红,妈妈喝醉了,让妈妈休息。"张叔几乎在请求。

"喝醉了?喝醉了我才有胆问啊,爸爸你说对不对?"李阿凤把烟头碾灭。

"就是你洗我的经血被单那种眼神。"我说。

"睡觉去晓红。"张叔过来拉我。

"你让她说。"李阿凤崩溃了。

"就是你看我和继父在一起时那种眼神。"我轻轻说。

张叔一把将我推进卧室,关上门。外面静静的,甚至没有呼吸的声音。

还有她给我买胸罩时的眼神。

记得顾城说,女孩天生有些坏毛病,若不然,他早成下流坯了。看到这里,突然想起这句话。

去阳台看夜色。真奇怪,读这个日记的时候,大多是夜晚。

灯火阑珊,百姓人家。

11月1日(二)

李阿凤只念到初中二年级,在一家医院做勤杂工,由于勤勉,当了护士。她爱过一个来看病的老生,早晨,去老生练嗓子的地方偷看是李阿凤最幸福的时光。

她写了许多许多情诗。她把自己的心事告诉一个好姐妹。好姐妹嫌弃这个老生眼睛小,而且她也不懂戏,李阿凤就一点点讲给姐妹听。一年后,这个姐妹嫁给了老生。

李阿凤把自己捯饬得特漂亮,去参加婚礼。姐妹面对李阿凤的敬酒,跟没事儿人似的。一年后,姐妹给老生生了一对龙凤胎。

李阿凤坚信一个观点:生男孩会把母亲身上的病都带走,女孩则相反。

李阿凤和父亲是经媒人介绍认识的,一年后生下我和莫晓青。

最初三年,没有人发现她得了产后抑郁症,她把我们姐妹照顾得非常好,头发梳得利利索索,衣服也是干干净净,蒸馒头包饺子,每一样都做得完美无缺。跟我父亲每天也是说说笑笑。

有一次,父亲抓住一个老鼠,放进泔水桶里,我和莫晓青围在桶边儿,看老鼠渐渐被淹死。

李阿凤在里屋突然倒抽了一口凉气,失声大哭。

以后的日子里，连续三年，李阿凤每到下午三点都会哭一会儿，无论在什么地方。

第四年，她和父亲离婚了。

我睡不着，觉得内疚。她的命那么苦，我却一点都不能体谅，还动对不起她的心思。从抽屉里拿出日记，想从里面找出她看到可以欣慰的语言，找到了，假装她会乐，用红笔圈起来。

可是，眼前都是她边翻篇边哭泣的情景。我盯着那篇要张叔带我走的日记。

张叔敲敲门，进来，立在门框边上。

"妈妈那边有我呢，好好睡觉。"

他眼神又坚毅又勇敢，像被一个倔老头用拐杖敲击的一棵树。

11月2日

李阿凤用叠衣服的声音吵醒了我。活着的人都是一点点被灭口的，一口气一口气，一直到什么话都不想说。

"你去姥姥家住。"她把我的衣服放进旅行包，"张叔送你。"

"行。"我从床上爬起来，穿衣服。

"衣服上我都喷了香水了，你闻闻。"她高兴了。

"真香。"我说。

"看你日记的事儿，妈跟你道歉。"

"早就想给您看了。"

"我就看了一个开头。"她的生命里没有台阶是不成体统的。

行李她坚持自己拎上车,还亲自帮我绑好安全带。车开的时候,我才意识到,以后,我都不能每天见她了。回头看,她正跟着车跑。我眼泪一下就下来了。把头埋在膝盖里,拼命想止住,怎么都不成。再回头,车已经拐弯了。这是我第一次离开她。

"我想死。"我说。

"不要说这种话。"张叔脸上一点表情都没有。

"为什么她支开我?因为她知道了深圳的事儿。"

"昨天,我提出离婚,她不肯。"

"那就不要离开我们。"

"凭什么?"

"我把我的心给你了,你也应该把你的给我呀。"我脱口而出。

"我答应你,至少看着你考上大学。"

"好好爱她。"

"行。"他乐了。

"我就把她交你了,缺根汗毛我都找你算账。"

"有完没完,都快赶上你姥姥嘴碎了。"他抿抿嘴。

"爱不就是就把手的事儿么?我不说你也懂。"

他踹了我一脚,打开音响,传来徐小凤的《心恋》,张叔跟着轻轻哼,我也是。

我想偷偷望呀望一望他

假装欣赏欣赏一瓶花

只能偷偷看呀看一看他

就好像要浏览一幅画

只怕给他知道笑我傻

我的眼光只好回避他
虽然也想和他说一说话
怎奈他的身旁有个她

姥姥家在西城,以后我上学,要走很远的路。没有车送。

这之前,李阿凤大夜班的时候,我和张叔去香山底下的咖啡馆听音乐,去电影院看电影,站在路边看车流,骑在桥头练嗓子。

这些日记我都默默记在了心里。

(以上用的话用红笔抹去。本来也是用红笔写的。)

一点点用蓝色的笔描出来,好累。

12月8日

姥姥家有个老式咖啡壶，每天早晨，她坐在老藤椅上喝咖啡，吃绿豆糕，我跑到胡同拐弯处，跳上等候的出租车。

"她喝咖啡就行，我包出租车就成了浪费了，还得偷偷摸摸的。"我打电话给李阿凤。

"她就怕你被红小兵抓起来，她喝咖啡，跟家里，偷偷地，悄悄地，红小兵看不到。"李阿凤在办公室里嗑瓜子儿。

"脑子抽抽了吧？"

"你让着她，我从小到大都让着她。"

"那你以后让着我。"

"学会跟你妈说话再回家。"她突然觉得自己是有权利的。

"姥姥把菜放馊巴了还吃呢。"

"那你不拦着？"

"把菜扔了吧她就站我门口问，红，今儿我吃了没？"

"我不跟你说了，得去给病人换药了。"

"姥姥问你周日来不来吃饺子？"

"这周我大夜班，让张叔去吧。"

土匪杀人前把牛奶倒进黑咖啡，牛奶在跳舞。姥姥总是讲这个故事。第二分钟忘记了故事情节。愣了一会儿，她带着眼镜看张叔包的饺子，拿起其中一个，由衷赞叹。

姥姥爱听刚煮好的饺子落到盘子里的声音，蘸了酱油和醋，一小口一小口吃下去。

"姥姥还是小姑娘呢。"我笑。

吃完饭,张叔陪姥姥聊天,蓝色的沙发布,被日光灯照得跟假的似的。他们喝茶,说解放前的事儿,满大街洋人,有时跟姥姥借火,点骆驼牌香烟。

很晚的时候,我送张叔出门。

"她都不知道你是谁,可也不敢问,就怕给送进养老院。"我说,"下次你来,她还得跟第一次见面似的,不认识你了。"

"只要我记得她,我们就不算不认识。"

"别怕。"我告别。

"好好学习。"他上了车。

"真揣嗑儿。"我乐了。

12月12日

清晨,从梦中醒来,姥姥站在门口,拄着拐,纳闷地看着我,哼了一句京戏:

自从我,随大王东征西站,受风霜与劳碌,年复年年。

我假装若无其事地穿衣服,想从她身边挤过去,被她一把拉住,愣愣看了半天。她不认识我了。

"喝咖啡不喝?"她把眼睛瞪得像老屁眼。

"喝过了。"我离开她。

晚上,我盘腿儿坐沙发上写作业,张叔拎着一口袋零食进来,姥姥眼睛盯着电视。

"姥姥,你看谁来了?"我试探她。

"不认识。"姥姥头也没回。

我拿出一个挂白霜的紫雪糕,把粘在上面的包装纸一点点撕掉,从顶部舔起。姥姥责怪地看着我,我掏出一袋儿饼干给她,她粗暴地撕开,一整块一整块地塞进嘴里,饼干屑落了一地。我看了一眼张叔,他示意我过去。

"姥姥?"我蹲在她脚前。

"我吃的还行吧?"她问。

"有点儿快。"我下结论。

"你姥爷对你妈挺外道,别人以为是不亲呢,其实明白正理儿,即便是父女,也男女有别呢。"她划啦划啦饼干渣,有条不紊地关了电视,正步迈向卧室。

我回头看张叔,他做了一个鬼脸。

他30岁,比妈妈小10岁。带着刚进入中年的陌生,跟我在一起最开心,学过芭蕾舞,除了那次顶额头,再也没有碰过我。

他有不为一切所动的气质。

他姓张,叫张泉。

嗯,张叔原来叫张泉啊。

12月13日

放学时,李阿凤站在校门口,手里拎着我的行李。雪花飘落下来,她嘴角向下撇,迷路了一样,眼睛斜向右上方。她浑身发抖,脸被冻得发紫，一看就是站了很久。她一定是来接我的。我躲到树后面。我喜欢住姥姥家。

"妈！"

莫晓青像一只兔子一样，从我身边跑过，扑到她怀里，哭了起来。李阿凤放下行李，愣愣地呼着白色的哈气：

"我差点以为你是莫晓青。"

"我就是莫晓青。"莫晓青解释。

"装，使劲儿装。"她拉过莫晓青的手往回扯，"家里没你，妈妈不习惯。"

莫晓青拉着她来到树后面。

"我是莫晓青。"我灵机一动。

"我是李晓红。"莫晓青觉得好玩儿了。

李阿凤说："跟我和李晓红一起去吃饭吧？吃老莫。"

莫晓青说："不去。爸爸做了香酥鸡。"

好一会儿，我们才发现李阿凤赢了游戏。

"家里没你，妈妈不习惯。"她在路上说。

"姥姥一人儿能行吗，她那么糊涂？"我在找退路。

"她糊涂？隔着两个区都能听见她嘀咕我。"

"也不怕你老了我这么对你。"

"对我这么好？那我可积八辈子德了，祖宗。"

"那你指望我什么呀？"

"听话。"

"就听话？"

"能做到吗？"

"太能了。"

她带我去吃老莫，我拿过菜单，点了俄罗斯红菜汤，罐焖牛肉，奶油烤鱼，奶油烤杂拌，首都沙拉，奶油蘑菇汤，一个大列吧，一个起司蛋糕，一客冰激凌，一瓶无酒精啤酒，一瓶格瓦斯。李阿凤点了一个牛扒，看着一桌子菜，话就变少了。

"妈，养个女儿特费钱吧？"

"权当是把莫晓青也判给我了。"

"也得她愿意跟您呀。"

"哟，以后我就把你当菩萨供着，谢谢你跟了我。"

"别这么诚心啊，我担待不起。"

"吃吧吃吧。"

张叔很晚的时候才到家，见我房间灯亮着，开了门。

"你真在啊，怎么回来了？"他乐了。

"命运的安排。"我往墙上贴翁美玲泳装。

"省得你老往那边跑了。"李阿凤假装慈爱地从厨房冒了出来，"你吃了没？"

1月1日（一）

李阿凤今天值夜班，我和张叔单独过节。元旦。

吃完年饭，我开了电视，我们看晚会，各把沙发一头。

"我前几天在街上看见莫晓青了，拉着我爸的手。"

"女儿是爸爸前世的情人。"

"我不是。"

"说不定你是,你爸才没选你。"

"啧啧,那后爸是女儿前世的什么?"

"想念的人。"他看我。

我不能让你看我,因为你是妖精,牛奶把巧克力融化,冰水都来不及挽救。他把卡带顺进录音机,我关掉电视。安静片刻,房间里响起《黑色星期日》。

跳舞的时候,他不是我认识的张叔,他是张泉,划过的弧线落下来,如同瓢泼大雨。所以出事儿了。他一个大劈叉,脑袋屁股合并的瞬间,我和他都在他的腿间看到了李阿凤,后者站在门口,双手抱住脑袋,一副痛苦状。如果我早些懂得医学知识,就该明白,我妈她到更年期了。

"你们觉得这合适吗?"李阿凤问,"离婚吧,张泉。"

"行。"张叔轻声说。

这么痛快的回答让李阿凤觉得自己输了,倏忽改变主意:

"这么着急离婚干什么?我不跟你离,你想干什么就干什么?没那么容易。我不给你这个自由。"

李阿凤浑身发抖,一把拿过我手里的杯子,把巧克力奶泼到我脸上:"不学好。"

"我又没在外面乱搞夫离女散。"我脱口而出。

"那你呢?"她突然冷静下来,声音能渗出汗来。

"你想什么呢?脏不脏?"我梗着脖子。

她去我的卧室,把衣服装进旅行包,拉着我下楼,打了一辆车。

我又被送回了姥姥家。

姥姥正坐沙发上吃饼干,上次的饼干还没吃完呢,见我们进来,愣住了,一脸铁青:"我不认识你们!"她高声叫道。

"我是你女儿李阿凤,她是你外孙女李晓红。"

"你们也配?"姥姥太生气了。

"那莫晓青配不配?"我一阵思辨后问道。

"她还行。"姥姥沉吟片刻说道。

哎呀,姥姥可不糊涂,有分别心。可生活在于经历不在于炫耀啊。

1月1日—2日（二）

凌晨三点，我对着电视掉眼泪，屏幕一闪一闪黑白色的雪花夹杂着彩色的点点。

清晨四点，我煮了一壶咖啡。

清晨五点，我坐在姥姥的床边，她早就醒了，看窗外树梢上的麻雀互相喂食。

"姥姥，多久没洗澡了？我给您洗洗吧？"

"不洗。"

"边喝咖啡边洗。"我拉拉她的手。

"有绿豆糕吗？"她扭过头，"我要边吃绿豆糕边洗。"

听音乐就要像听音乐，当学生就要像当学生，做女儿就要像做女儿，当爸爸就要像当爸爸，洗澡就要像洗澡——姥姥在热气蒸腾的澡盆里跟我说这些。

"姥姥您这儿呵唬我呢吧？我怎么洗澡就不像洗澡了，我搓得多好啊，横平竖直的。"

"晓青是要把我搓舒服了，你是要比晓青搓得好。"她笑了笑。

我特别困，我想睡觉，我把她擦干净，回到卧室，躺在床上，拉起被子，心迅速沉到海底，到底是因为我做什么像另一样东西，他们不喜欢我，还是因为，他们跟我在一起，就做什么不像什么，才不喜欢我？

演透了演到死就等于演对了，周围人对你对自己由此认命，所处世界再差不过如姥姥一般孤苦伶仃，可出双入对就代表不孤独吗？

一个人只有对一切不满，才能站在一个角度，成为顶尖，因为她知道什么是不满就知道什么是满意。讨好是痛苦的。于是坦然睡去，醒来之后，我真想给李阿凤一个耳光。她拍我的脸，生给我捣鼓醒了，她已经是明白事儿的李阿凤而不是我妈：

"我还不信了，"她说，"你是从我肚子里出来的，你是我身体的一部分。我凭什么要这么害怕？就算你将来嫁了人，也是我的。闺女，咱回家。"

"你有完没完啊。"我把昨天想明白的又搁心里嘀咕一遍，打算下面好好回答她的话。

"妈错了，妈不该这么折腾你。"她说。

"那你现在干吗呢？"说完我一下意识到，跟她讲理，不等于对牛弹琴么？

对，我没法好好说话。跟自己讲多少道理都没用。

早晨，导演打来电话，说他看完了日记，想法很多，想见面聊聊。我让他给我几天时间，消化一下这本日记。

1月2日-3日（三）
───────────

李阿凤开了门，我跟在后面，张叔从厨房出来，手里拿着一杯冰水，像是没看见我们一样，进了卧室。冰块哗楞楞响。

"去跟张叔打声招呼，就知道傻愣着。"李阿凤拎着我的行李进了我卧室。

张叔将房门关上了。

我走进厨房，开了冰箱，拿出一个面包，抹上沙拉酱，靠在窗台边儿吃。

"吃凉的肚子疼。"

李阿凤走进厨房，从我手里拿过面包，拿了两个鸡蛋，敲进碗里，和面包一起倒进油锅里，可她手是抖的。

"一会儿吃完了补补觉，眼圈都是黑的，明儿怎么去上学？"她把盐撒到刚出锅的面包上。

"你呢？"

"我今儿大夜班。"她把面包递给我。

这面包可怎么吃？那么香那么抖？

我开了窗，漫天的雪花一下扑了进来。李阿凤围了紫色的围巾出门了。我开了电视，一个个台换着，把音量开到最大，张叔卧室的门紧紧闭着。清晨，张叔开了门："你不睡觉？"

"你跳舞，我就睡。"

"我要你好好学习，将来考上大学，将来有的是人给你跳舞。"

"我就要你跳。"

"要跳自己跳。"他脸色苍白。

"看气的。"我向他走过去，拍拍他肩膀。

我进了卧室，外面半天没动静，开了门，他还愣在那里。

"你别站门口呀，我怎么睡觉啊。"我说。

"我想跟你说点事儿。"他看起来好像站在另一个世界，那里就他一人儿。

"困了。"我关上门。

他在外面敲门。我蒙上被子，盖住头。我已经不再打算讨好谁。再见了你们这些混蛋。我恨你们。他在敲门。

"你真恶心。"我喊道。

敲门声停了。

张泉真没那么简单,哎呀谜底。

6月6日

李阿凤拎着炒勺站在我房间门口,就为了说一件事儿:

"你不能穿这件衣服,穿我新给你买的那件。"

"这件挺好的。"我想逃走。我要迟到了。

"挺好的?哪儿好?那衣服前摆看着多轻浮,你是我女儿,不是潘金莲的女儿……"

后来的事情一片混沌,她不停地在说,一大片迷雾,怎么也无法走到外面看到外面,或许也没有外面。也听不到我该听到的声音——我疯了,不,我没疯,我只是没hold住,因为我没父亲。父亲告诉我疯了我就疯了,告诉我没疯我才没疯。

我走到门口,一下听到了李阿凤的声音:

"你怎么可以这样?"

我怎么样?顺着她的目光,我发现自己穿着内裤,肩上背着书包,手放在门把手上。

我狠狠地瞪着她。

"你还瞪我?你不跟张叔告别就出门?我们这个家庭,不允许有这么不礼貌的孩子。"

她压根就没看到我没穿外裤。

我进了卧室,从衣柜里掏出一件牛仔裤,凶狠地往腿上套。李阿凤的声音在门口厉害着。一声强似一声:

"以后啊,你必须跟张叔叫爸爸,别一口一个张叔的——你进卧室干什么去了?我不是让你跟爸爸告别吗?"

"爸——!!"我一下拉开门。

我夺门而出。

一辆车开到我跟前,车窗拉开,张叔探出头:

"上车。"

"滚。"我气坏了。

车往前开去,透过车窗,发现后座上有一只行李,我跑了几步开车门,上去。

"干吗去你要?"

"我受不了了,我得离开。"他不动声色。

"她知道吗?"

"知道我还能走成吗?"

"母亲到了更年期,别的孩子都有父亲陪着。"我眼泪汪汪。

"别这样。"他掩盖着难过。

"你上次要跟我说什么事儿?是这个吗?"

他抿着嘴想了想:"对。"

我打开车门,他一下刹住车,扭头看我,吓坏了。

"你是不是以为我会哭哭啼啼求你留下来,告诉你,我早就讨厌你了。"我打算下车。

"你也别老这么咋咋呼呼的。"他轻轻说。

我愤怒地看着他:"怎么就那么把自己当根葱啊。狗屁。"

他启动汽车,我又要拉车门,他一下握住我的手,轻轻攥着:

"晓红,你跟你妈,在一起的时间并不会太多,别那么计较,想想每天都是……你要离开她的最后一天,就不会这样生活了。没有谁的生活可以一帆风顺。好的东西都需要忍耐,需要争取。"

我从他手里抽出自己的手:"要走,你不会有好日子过的。"

"我的日子,应该从这里开始。"他说,"有人跟我说,你的日子不会好过的,然后,我开始过不好的日子,一直到那一天。"

"这辈子都不要再看到你,我的所有好事儿你也不会知道了。"我不知道怎么挽回,"没见过你这么傻的。"

我踩了刹车,我下了车,我逃走了。

这一天过得稀里糊涂的,课也没怎么听进去。莫晓青给我带了父亲做的糖醋鱼,吃了一口,索然无味。我最爱糖醋鱼,莫晓青最爱萝卜牛肉馅儿饺子。

"我包了萝卜牛肉饺子,你给莫晓青带去。"半年前李阿凤还那么知情知礼。

放学回家,张叔的车不在楼底下,半夜,没有回来,早晨,也没有。

张泉说,"然后,我开始过不好的日子,一直到那一天。"哪一天?

6月10日

我上学时，李阿凤正把一个麻袋放到门口，打开，里面都是张叔的东西。

我掏出一条围巾，塞进书包。在路边买了一副墨镜，围上张叔的围巾，手里拎着一瓶冰啤酒，背着书包，沿着马路走。好像前面有我要去的地方。

我曾经在路上见到一个男人，也是三伏天，围着这样的男式棉围巾，喝一瓶二锅头，一脸惆怅。这会儿我才发现，他是我。沉在泥土里才能哭泣，却无论如何找不到一粒尘土。

一家音像店，费翔在唱《牵引》。

如果你的心还有一点牵挂
不会将我孤单地留下
我不愿回顾
因为在记忆深处
思念常刺痛我心灵
人生旅程充满艰辛和坎坷
我需要你的双手牵引

张泉，过了年三十一岁，身材消瘦，嘴唇有点厚有点大，牙齿雪白，眼神酷酷的。

剩下多少饭，就留下多少念想，饭吃光了，空盘子还在。饥饿突至。

凭我的判断,张泉不应该是因为李阿凤和李晓红走的。他的故事在哪里?

三个梦

树林
姥姥煮了一杯咖啡,走到树林里,递给我。
咖啡黄澄澄的像屎。
"谁拉的?"我问。
"咖啡机拉的。"姥姥老老实实回答。
"看着就想喝。"我把咖啡递到嘴边。
梦里怎么会喝到真正的咖啡呢?睡在床上的我想。
"你住在这林子里?"姥姥问。
"张叔盖的那个红房子。"我指指身后。
"梦里怎么会有真正的张叔呢?"
姥姥说完才意识到自己死了。

红房子
梦一开始就在红房子里。我和莫晓青被两个男人劫持,他们是连环杀手,用的是铅笔刀,一点点把人割光,剩下骨头——在被害人活着的时候。
"你挺逗的。"主犯看我跳舞,笑了。
"那别杀了。"

他逼近我。举着刀，怜悯的目光在我脸上扫。眼睛后面还有眼睛，是凶狠。

一个人活生生看着自己被卸是什么滋味儿呢？我心想。

两个男人突然有事，走了。我拉开门的拉环，带着莫晓青跑了出去。他们没有追。

门外，一队修女正走在路上。

"救命。"我喊。

没有人听到。

应该是已经被杀害被卸了。睡在床上的我想。

我和莫晓青跑到一个胖女人面前："救命！"

她站住了，万分恐惧，四下看着：

"这里有脏东西。"她说。

她浑身发抖，蹲在树边就尿。

"回去看看尸体吧？"张叔在我们身后说。

"都碎了，没法看。"我回答。

一下就醒了。没有风，门却在响。

上辈子

红房子亮着灯，里面两个人在吵架。

男的说，如果我外面有了人，下辈子就活活让你憋闷死，生出绝症。

那我是谁？睡在床上的我想。

低头看，脚下生出根，头顶长出枝蔓。我。

后爸是女儿前世的什么？人不在于是否拥有看透人生的能力，而在于看透之后，是否不在意。

我是窗外偷听的树。

每个人都有故事，却被梦掀起了真相。
——陈坤微博

7月3日

上代数课的时候，李阿凤闯进教室，走到我跟前：

"他去哪儿了？"她拍拍我的桌子。

代数老师走了过来："请你出去，我们在上课。"

李阿凤回手就给了她一个耳光。被高考搞得求死不能的同学们陡然兴奋，鼓掌庆祝。

"这是计划好的吧？他先走，然后你再走。你们以为我傻是吧？"李阿凤分析得头头是道。

代数老师捂着腮帮子，好奇地等答案。

我晃了两晃，眼珠转不动：

"以后管好自己男人！什么人都招家里来！你问我？那我就告诉你，他死了，他死了。"

我动不了，也走不出去，到处都是关于我的丢人现眼。

"怎么死的？"她居然问道。

"死人怎么会知道自己怎么死的？"我用脚后跟回答。我没脑子了。

全班同学大笑，连代数老师都乐了。

李阿凤冲到讲台上："静一下，同学们静一下。"

果然安静下来，之后，我妈发表了如下演讲。

"我活了大半辈子，没有被任何男人搞疯，也从没有搞过别的女人的男人，我对自己是十分满意的。"

刚说完就被拉了出去。

我也被带到了教导主任办公室。莫晓青也来了。

"让她跟姥姥一块儿，你跟我们住一起吧？"莫晓青出主意。

"这个主意行。"教导主任说。

"我嫌弃你们家。"我说，"我要上课去了，还得考大学呢。"

刚来教导主任办公室的路上，我明白了一件事情，我必须要考上大学，不然，我死定了。

晚上回家，李阿凤做了一桌子菜，她问："我是不是疯了？"

"以后找男人长点儿眼睛，我是个女孩，不是男孩，记得家里还有一个再跟人好，不过算了，你还是任意找吧，我又不跟你过一辈子。马上就走了。可你也得对自己负责点儿吧。"

"没有你，我可怎么办？"她问。

"还有莫晓青呢。"

"可我想跟你生活在一起。我最爱你。"

多么怀念旧时光——那时爸爸在妈妈在我在莫晓青在。李阿凤边做菜边学宋丹丹："俺想要一个孩子。"

"那不结婚哪儿来的孩子呀。"

我和莫晓青一起说："潘富同志在家吗？哦，村长啊。"

我爸说："对不起，俺把个暖壶踢碎了。"

如今这一切远得像我在电视里看别人的生活。

以后的日子里，我们都没有再提张叔，就像他从未来过一样。我甚至真的希望他跟别的女人走了。因为，这总比其他猜测要强。

7月20日

每次李阿凤大呼小叫在早晨六点叫我的名字，我爸就说："让她们多睡一会儿吧。"

李阿凤说："我已经做好饭了，我是她妈，她应该起来吃。"

女孩子就应该懒洋洋的。张叔说。

我能闻到自己身上刚睡醒的味道。

回去睡。张叔说。

我从床上爬起来，坐在饭桌前喝李阿凤做的粥，碱放多了。李阿凤看着我喝。

"待会儿吃完饭把碗筷收拾了把桌子擦了把碗刷了地扫了被子拿出去晒……"她低头呼噜呼噜地吞粥。

"直接说收拾屋子不就得了吗？"

"你顶什么嘴？"她嘭地把碗砸在桌子上。

我转身回卧室，她先我一步挡在房间门口：

"你抽屉里墨镜怎么回事儿？你那天回家一身酒气又是怎么回事儿？"

"妈，我太困了，让我睡一会儿，就一会儿……"我眼泪落下。

"不说清楚，谁也别睡，晚上也别睡。"

我转身打开大门，逃了出去。我光着脚。

一个月了，她更年期越病越严重。人生是有多漫长？女孩的童年不是结束于月经，而是母亲突然发现自己的青春没了。

我穿着睡衣在柏油路上边走边想，为什么不能将我自己的青春匀给李阿凤一点儿，让她别这么疯？这种恐惧像蛇一样在我和李阿凤之间吐信子，毒液将我们联系起来，不然我们没法呼吸，找不到对的。

我不知如何是好。

"破铁丝儿红。"

身后有人叫我。多么熟悉的声音。

张叔笑眯眯看着我，他瘦了好多，穿一件牛仔裤，白色上衣，胡须剃得干干净净，手指修长。我跑过去，抱住他的腿，无论如何不松开。我失声痛哭。

"母亲在更年期时，女孩没有父亲在身边，好可怜啊。"他逗我，"买双鞋去。"

他蹲下来，我趴到他的脊背上，眼前的景物忽高忽低，走到有商店的地方，挑了一双水粉色透明塑料凉鞋，我坐在台阶上，一只脚踩在他的鞋子上，他蹲下身，替我系上搭扣。

"待会儿你先回去，我晚点儿回去。"

"不行。"

"不然你妈妈……"

"不行。"我一下抱住他的腿。他不能跑了。

事实上，当我和张叔出现在门口，李阿凤正盘腿儿坐沙发上看电视。她见我进来，冷笑一声。当看到我身后的张叔，她站了起来。

"碰上的？"李阿凤好奇极了。

她不是应该扑上来捶打丈夫吗？

"嗯。"张叔说，"我累了，去歇歇。"

他不是应该问，凤，我走这几天你还好吗？

李阿凤跟着张叔进了卧室。

半夜，李阿凤喊道：

"那钱呢？你一个月能花这么多钱？你去旅游了？你不好好工作……辞职了？"

天快亮的时候，她进了我的房间，钻进我的被窝。我一动不动。

"他像鬼。"李阿凤说，"不是吵架，是我梦到他变成了鬼，妈妈对不起你，妈妈不了解一个人，就让他做了你的后爸。"

"鬼手里有个苹果，他说饿。"这是我梦到的。我告诉她。

鬼还说，他有诺言。他没钱花。

比如，路边有个小狗很可怜，就会有人去可怜它，张泉对李晓红就是这个感情。

8月5日

　　李阿凤不是在大夜班，就是在敦促张叔在离婚协议上面签名。

　　"这里有什么是你留恋的？"她不解地问，"签上，张泉，就这俩字儿，多简单，一划拉一了百了，来吧，小伙子。"

　　"别像小孩子。"张叔说。

　　李阿凤愣了一会儿，拍了拍张叔的肩膀，后来干脆把头埋到他颈窝处，笑得浑身发抖：

　　"我每天都在过黑色星期日，谁听谁死，节奏再美有什么用？别啦，求你别啦。我爱过你，这就够了。够啦。"

　　张叔只是每日里做饭，买花。

　　当家里只剩下我和李阿凤，她倚在我床头：

　　"我就是想离婚。"

　　"你看他憔悴的，别离了。"我说。

　　"什么叫看他憔悴的啊。你妈都被他折磨成什么了？他把他自己的存款花掉了三分之一，去哪儿旅行能花那么多钱？这种男人谁敢要啊？貌合神离，哪天把咱杀了都不知道。"她是真害怕。

　　"你没发现吗？有他在，我们母女还能说几句话，不然，我真不知道每天怎么面对你，你也是吧？人生路漫漫，将来有一日我们母女二人分开，回忆往昔，却没一天好日子，可怎么好？"我把《红楼梦》扣到膝头。

"呦，谁教的，一套一套的还。"

其实，这是我准备好几天的话。就想有机会说给她听。说出来，才发现是心里话。

从此后，家里遂消停，张叔和李阿凤有时表演妇唱夫随自己还信了，所谓幸福就是相信各种可能性。有一次，当张叔拎着一袋儿猪头肉往家走，像个爸爸。这也太入戏了。

表面的平静下都暗藏着不安，所以都别装作自己有多淡定，都是平常人啊。

——陈坤微博

10月12日

从朝阳公园出来时，张叔问："你都羡慕莫晓青什么？"

"有一次，我爸把她从床上抱起来，送她自个儿床上……莫晓青也总把我爸爸挂在嘴边儿，我爸如何如何，我爸说什么什么。"

草被割掉后，空气中都是甜香气，喷泉水后面，是另一个张叔，戴着面具。

"你就缺一个父亲，我恰好又是。"他说。

中午，跟同学去吃饭，张叔拎着饭盒出现在班级门口。

"我是李晓红的爸爸。"他自我介绍，"你们要不要来一起吃？"

一共五个饭盒，红烧带鱼，苏伯汤，凉拌菜，糖醋排骨，一盒米饭，几个同学吃得狼吞虎咽，一扫而光。

据莫晓青反应，张叔去找我爸爸就我的问题谈了一次。两个人说说笑笑，待了一个上午。

从莫晓青家回来之后的一周，张叔捂住胸口，一下靠到沙发上。

"要是你有一天结婚，我的心还不疼死。"张叔一下靠到沙发上，捂住胸口。

"我爸教的吧？"我问。

"你怎么知道？"他一脸惊讶，"小丫头片子你怎么——知道

的?"

"跳舞我就告诉你。"

他用下巴点点大门,我踮起脚尖走过去,李阿凤拿着钥匙站在门口,正犹豫着要不要突然闯进来。她今天大夜班。

回过头,张叔不在沙发上。卫生间的门儿半开着。冲水声儿。

"你对这个问题怎么看?"我向莫晓青请教。

"这种超越血缘的亲情是值得称道的。"莫晓青正色道。

"我问的是李阿凤在门外的事儿。"

"她为什么要在门外?"

"是啊,为什么呢?"我一脸纯真。

"一定是怕煤气炉子没关。"

"然后怕我和张叔熏死?"

"对对对。"莫晓青频频点头,"她就担心这个,还有比母爱更伟大的吗?"

不能尼玛再演了,我早就有了跟莫晓青绝交的念头了。

10月13日

莫晓青把我带到操场上的单杠旁:

"妈出了医疗事故。给抓起来了。"她严肃得像领导人,"我们得懂事,别哭也别闹。"

11月

他们叫我杀人犯的女儿,活该跟一个陌生男人在一起生活。

一个球飞过来砸中我,一个男生叫道:

"回家找你小爸哭鼻子去。"

莫晓青在操场另一头,我向她跑过去。她递给我手帕:

"要哭就哭吧,但是最好别哭,董存瑞堵枪眼儿都没嫌疼。"

"我觉得羞耻。"

"虽然这事儿不光彩,但是人生是坎坷的,母亲是母亲,我们是我们。"

我转过头看着莫晓青:

"她是杀人犯,我就是杀人犯的女儿,这是我的命,我认,可是,打从一开始,她就从另一种眼光看待事物本来的自然的面貌,从张叔来之初就如此,是她改变了应该善良的一切,不过一线之隔,她一定要把所有人都拎到线的那边。这是让我感到羞耻的地方。"

莫晓青低下头。

"她为什么进号子?不就是值大夜班的时候偷偷往回跑吗?这里面,除了她是鬼,没人是。"

"所以,爸当初要把我们两个都带走,她不同意,说爸只能选一个。"

我回想着他们在卧室里的偷偷商量离婚的事情,我和莫晓青在门外听。

我转眼看向莫晓青:

"如今,除了张叔,没人乐意她出来。亲人有多狠。"

"我也希望她出来。"莫晓青追上我。

"我要是你,我也这么说。"我上了公交车。

1月1日

张叔带我去饭店吃年饭。我趴到他的腿上,比17岁时乞求他带我出走还难受。

他低下头,汗水顺着额头滴落,落到我的头发上。

"怎么了?"

"疼。"他哭了,"怎么会这样疼。"

"哪儿疼?"

他趴到桌子上:"破铁丝红,我们去监狱看妈妈吧?"

天阴得够呛,走出饭店时,有一片雪花飘落下来。他的脸颊上还有泪痕。

李阿凤隔着玻璃墙拿起话筒:

"我不该不跟你离婚,我不该犹豫。"

"我会救你出来。"张叔脸色惨白。

李阿凤嘱咐我:"去姥姥家住。"

回去的路上,大朵雪花从天上飘落。

"算了。"我说。

"什么算了?"他问。

"26年,出来都70岁了。"

    他停下车，打开音响，跳舞。

    他只穿了一件白衬衣。他在空无一人的马路边。

    雪飘落下来，落到地面，形成薄薄的一层。有那么一刻，我觉得他停了下来，我无法找到他。

    他搂住我的腰，把我托举到半空。

2月

    姥姥给了张叔3万，爸爸给了2万。

    事发后，姥姥来到我家，发表了如下言论：

"谁也别管她，她不是我女儿，不争气的东西，活该在监狱里待一辈子！我没有这样的姑娘，四六不懂，人不人鬼不鬼，喝儿唬闺女都不会，就得在监狱里受教育。"

张叔第一次去姥姥家要钱，被赶了出来，第二次去，姥姥靠在藤椅上一下一下摇着：

"她亲丈夫都不管她，她亲妈都不肯出钱，你勤快什么呀？你哪儿来的这份情呀？怎么我就不信呢？你那么爱她？你是怎么这么爱她的？"

"妈，我只来三次，如果我下次来，您还不借钱，我就另想办法。把她捞出来，是一定的了。"

第三次，姥姥没有开门，张叔在外面站了六个小时。姥姥崩溃了，对着门外怒视怒指：

"我告诉你我为什么不给你钱，我不是没有，就算是没有，救我孩子一命，我卖房子也会去救她，可你明白她是为什么进去的，该大夜班的时候她往家跑，该离的婚她不离，不该离的婚她倒来了一个痛快，做女人不像女人，做妈不像妈，做妻子不像妻子！"

半晌，外面响起张叔的声音，裹着冰碴儿：

"如果说，这件事情已经涉及了感情，那也是李阿凤本人对晓红的感情，一个母亲，怎么会忍心让自己的女儿最关键的26年里被人指指点点？你让她将来对自己的爱人说，我妈在监狱里？她是个女孩，如何就跟继父一起生活了？怎么说得过去……"

姥姥拉开门，张叔跪在寒风里，磕了一个头。

爸爸的钱，是莫晓青带过来的。

"我以为你和张叔就这么过了。"她把钱递给我。

"什么？"

"没什么。"

莫晓青的心比贞子的那口井还深，说不定会钻出什么来。

张叔打点关系去了，就差最后一道门，打点好了，李阿凤就出来了。

泡了一碗方便面，强迫自己吃下去。冰箱里是张叔炒的牛肉咸菜，方便我随时可以拿出来吃。最近他太忙了。

回头看，玻璃如糖球一样干净，可这不像是冬天的玻璃。

3月

我和张叔站在昏黄的冬日下，等着。

监狱大门启开，李阿凤缓步出来，我扑过去，抱住她，哭了起来。

张叔往前走了两步。

泣眼回望，他在微笑。

没了。

日记里还夹一封遗书。看了之后，心里揪得厉害。折好放回日记。

和导演约在三里屯的一个咖啡馆见面。他来得早，坐在冬天昏黄的日光里喝可乐。他说要把这个日记拍成电影，问我有没有兴趣演张泉。

我对张泉是有兴趣，可是，我心中的张泉不是这个样子的。跟他谈了想法,日记也交给他,嘱咐里面有一封遗书。

过了几天,他打来电话,说剧本已经完成。

他还说,佐耳把生活中李晓红的后续故事写完了。

电影叫《幸福额度》,小说叫《幸福有罪》。

行是方向,走是目的,恍然一笑,已是彼岸花。

第二章 CHAPTER 2

张叔独自在卧室里

我放下书包，踮起脚尖走到卧室门口，张叔背对着我，头侧靠在墙上，望着窗外。夕阳藏在墙边儿。

"你妈妈回来后，我要离开一段时间。"他说。

"多久？"

"等你考上大学，我就回来。"

"骗人，你不会再回来了！"我说。

"如果我不回来，我们就在路上遇到。"

他笑眯眯地。

从监狱出来，我和李阿凤坐上公交车，他看我们上了车，打了一辆出租，不知所踪。

当李阿凤追下公交车，什么都来不及了。

事后，最先回忆的是姥姥，把事情一点点综合起来，寻找源头。

姥姥扶起跪在地上的张叔。把钱递过去，没接住，风一吹，被刮得遍地都是。两个人忙活半天，姥姥还得盯着从胡同口出来的人，生怕他们抢钱。

半个小时后，张叔从姥姥手里接过钱。手都冻僵了。缺一张怎么也找不到。

姥姥想起张叔当时的眼神：

"人死才无路可走，不然怎么就绝望了呢？一定要把你从监狱里捞出来。"

好事情都被冲走了。

"他还说什么了？"李阿凤问。

"治病的钱都用来捞你了，等死旁人别跟着遭罪，一人儿到处走走，死哪儿算哪儿。"

姥姥撒谎，张叔不会说这样的话。可钱确实都没了，他把车都卖了。

李阿凤通过关系找到给张叔看病的医生。

"什么时候发现的？"李阿凤问。

"3年前夏天吧。"

"那年，我们在深圳小梅沙，他挺高兴的呀。"李阿凤一点点回忆着。

"当时，他就说，带着老婆孩子去海边儿玩玩，不然没机会了。那时都晚期了，预计最长活不过半年……都不知道他怎么坚持下来的，器官烂了一半儿了都。"

上学的路上，我突然就支持不住了，抱住脑袋，蹲在树下，倒抽一口凉气，眼泪却无论如何无法落下，大张着嘴巴。憋住的声儿出不来。梦魇一样。

平日里都该吃饭就吃饭，该上学就上学，模拟考试我得了98分呢，老师说，考上重点大学是没有问题的。到一个月头上突然就不行了。每天都是极限。

"疼，怎么会这么疼？"

他在梦里说真实的话。

第二个月头上，又梦到他，蹲在我床边儿：

"让我把你抱到床上去睡觉，像抱一个假装死去的姑娘。"

"还有什么愿望吗？"我想他可能已经死了。愿望也就倒过来，我的成了他的。

歪着头寻思半天，他什么都想不起来。就使劲儿笑。愿望在那个世界都是呼吸。挺难的。

再没有了。怎么睡都没用。他再走不进我的梦。

他把所有的东西都收拾走了，摈着气儿收，生怕留下气味儿。在角落里捡起一根他的头发，夹在书里。再没了。就是，没法哭。知道哭也没有用。活着遇到的事儿，哭都没用。

李阿凤的手掌湿漉漉的

半夜,我去客厅拿止痛药,李阿凤一下从卧室出来,头发乱蓬蓬的:

"你要去哪儿?"

"肚子一挤就有一股血冒出来一挤就有一股血冒出来。"我说,"大姨妈好讨厌。"

她愣愣地看了我一会儿:"你到底要去哪儿?"

我太疼了,一口把药吞了下去,关上门,坐在书桌前解方程式。跟生活一比较,这些题都太简单了。

"妈,他没亲人吗?没父母吗?没姐妹吗?你怎么会就找不到他?"

"他的父母在云南,也没来过北京,之前一直住单位房子,没买产权,如今一辞职,房子也退了……"她低下头,"睡吧。"

"我就是见您心急火燎的,吃不下,睡不好的,给您想想办法。"

她一下扑过来:"还有别的办法可以找到他吗?"

我指了指模拟考卷:"妈,这题您会做吗?"

她说:"他活着时,最惦记的就是你,把你当亲生的,比我还上心呢……如今他死了,要是他回来了,找的肯定是你,要是你见到他,就……"

"他死了来找我?您说的是魂儿还是我死了?"

我握住她的手,湿漉漉的,都是汗。看她这样我心里难受死了：

"今晚跟我一起睡吧？"

"平日里也没见他对我上心，有了难才知道就他对我好，好人怎么会死呢？"李阿凤说。

"谁还不得死呢？早晚的事儿。"我忍住眼泪。

李阿凤冲了一杯红糖水，放我手边儿上。

她的生日末数是5，这样的人，据说一生多坎坷。有好多事情，你想不到，也想不明白，比如，天底下那么多女人，你怎么就跟李阿凤做了母女，而不是宋美龄和周迅？

在很小的时候，小学四年级，我跟李阿凤吵完嘴后，哭着写了一封检讨书，发誓以后无论发生什么，都让着她。那份歉疚感与生俱来。长大后我才知道，没来由的情绪都叫做似曾相识，也都叫做前世。感情让人绝望。

人为什么要生一个女儿让自己不好过呢？我在检讨书中写道。

我想找人聊聊我的事情，却不知从何谈起。

菜里面放了糖

考上大学，她带我出去风光，跟同事们显摆，让街坊邻居羡慕，是她一直以来的理想，她突然就记起来了。

这几天，外面总有只猫在叫。藏在谁也找不到的地方。

我打开窗子叫"喵"，它突然就沉默了。晚上放学回家，我找到了她，在一辆汽车底下蹲着，一抬爪子，露出一条细细的老鼠尾巴。

"老师说，吃猫肉能考上大学。"

我跟李阿凤逗闷子。李阿凤做鸡蛋羹。

晚上，她给我加了菜——红烧肉吧还不太像。

"好吃吗？"她问。

"放糖了。"我把骨头吐出来，"这肉有点柴。"

"楼下那猫也太老了。"她说，"你一定能考上大学了。"

"你杀了那猫？"我怔了好久方问道。

"一抓就抓住了，在脖子上夹了一个衣服夹子，下刀特容易。"

我吐了一地。

真正的厄运不在于厄运本身，而是噩梦成真。

"我骗你的。"她拿起扫帚收我吐的，"看你最近太紧张了，是兔子肉。"

我跑到厨房翻垃圾桶，找到一条猫尾巴。

我太姥姥是广东人。他们广东人什么都吃。

"我们母女就在一起一辈子了，"她刷碗时说，"再过30年，你也是老太太了，两个老太太一起生活，不也挺好？"

我再也HOLD不住了。

停留在嘴边的东西，变成语言就是障碍，变成食物最终成为屎。别再说话了吧。吃吧。

想想每次月经流那么多鲜红的血，就应该晓得母爱的力量有多么大了。

莫晓青你不老实

早晨，我站在张叔拿着雨伞接我放学的那棵树下；晚上，同学们从校园里面出来，我才发现，我站了一天，特别饿。

一个男孩骑着一辆凶残的摩托车停在校门口，这超出了我的想象，之前我就不会相信这么一堆烂铁居然还有人有魄力把它当摩托车骑，还一脸洋洋得意。周围传来口哨声，吐信子声，女同学的笑声。

男孩站在另一棵树旁边，他用余光看我，就是头使劲儿往前抻，眼睛使劲儿往我这边斜。

我就是想知道他能斜多久。

"他会回来的。"他突然说。

"什么？"我问。

"莫晓青说，他会在旁边默默关注你，让你幸福，快乐，如果你悲伤，他是舍不得去另一个世界的。"

"谁？"

"张叔，莫晓青说，就算是我和你们的父亲的爱加到一起，也没有张叔的多。"

"我问你是谁？"

"我叫姜成。邻校的，也是今年高考。"

"来接莫晓青？"我问。

"是。"他一脸幸福，"其实我知道我没那么差，虽然我没见过张叔。"

他掏出一根烟，表情压力重重的。我抢过抽了一口，一阵咳嗽。他笑了起来。

莫晓青从校园里跑出来。我上了路边的出租车。

小学的时候，莫晓青的理想是当刘胡兰，到了六年级，因为上厕所，首先把蹲位让给另一位同学，导致自己尿了裤子，所以成为全年级"学雷锋树标兵"的典型。我父母离婚，她在全班同学面前念了一个保证书，保证不因为父母的感情而耽误学习，多少人为此流下了感动的泪水。那篇保证书的末尾有这样的描述：

母爱的目的是让我好，父爱也是让我好，母爱和父爱可以合在一起，也可以分开，但是，这不耽误它们两好加一好即让我好。我什么都可以辜负，但是不能辜负爱，辜负爱等于辜负幸福。

你见过雷锋干过儿女情长的事儿么？雷锋是人，但是不是男人，也不是女人。莫晓青你掩盖了真情，你太不老实了。

所以，我们在校园里巧遇了。

"妈把楼下的猫杀了。"我想从莫晓青那里找点安慰，"红烧，放了很多糖，还说是兔肉。"

"这个时候，你要对她说谢谢，我们都是渐渐离开父母的。"她说，"你别妨碍她为你做的一切，就是不在将来后悔，她要的就是谢谢，你就给她不就得了么。"

"可她现在就要我决定半个月后去不去姥姥家吃饺子，这也太不讲理了吧？"

"你就说去，到时候再说呗。"

"那行呗。"我说，"你去吗？"

"去不了，我模拟考试。"

我也模拟考试。

"莫晓青，你和那个姜成成不了，他那样儿，将来肯定穷鬼。"

"我们是纯洁的友情，把别人想不纯洁，会让别人为难的李晓红。"

"我怎么为难你了莫晓青？"

"我不跟你说了。"

莫晓青夹着她的英语书回教室了。

这日子没法过了。所有的曲子谱出来都是走调的。

去姥姥家

柳絮如雪，城墙根儿长满了苦丁菜、小根蒜，李阿凤把它们小心翼翼摘下来，装进十字绣小布口袋，在菜场买些顶花带刺儿的小黄瓜。带我去姥姥家。

"蘸酱吃。"她说。

她拉住我的手，走得急匆匆的，公交车上，她不禁拿了一把苦丁菜递到我面前：

"怎么会这么绿啊，我盯了它半天，都没舍得采，姥姥最爱这个了。"

姥姥正在和面，手上沾满面粉，见了我，愣住了：

"你怎么来了？"

"我妈半个月前就跟我说这事儿了，我当时说决定不了，我妈说，她新换的私人诊所，忙着呢，说是必须当时定下来，我就答应了。"

"莫晓青说,今天是特重要的模拟考试,你没参加?"

"我请假了。"

姥姥看了一眼李阿凤,进了厨房,继续包饺子。

"你今儿模拟考试?"李阿凤压低了嗓音。

"我15天前不知道。"

我从她手里拿过布口袋,往厨房走。李阿凤一把拽住我:

"昨天晚上怎么不说?"

"因为莫晓青就不用昨天跟我爸说这件事情,她也不用15天前决定是否要来姥姥家。"

"你什么意思?"

"第一个步骤是多余的,那第二个步骤,一定也是多余的,所以,何必呢?"

"你的意思是,跟我说了我也不会让你参加模拟考试?"李阿凤不明白了。

我叹了口气,进了厨房。李阿凤跟在我身后,正要继续跟我理论,姥姥一个耳光扇在李阿凤脸上:"我真是白养你了。"

"妈……您别生气呀,她不参加模拟考试也能考上大学,是吧晓红?"

"是的,姥姥。"我说,"我觉得吃饺子比什么都重要。"

"包饺子包饺子。"姥姥气坏了。

"妈,我们包,您屋里歇着。"

李阿凤扶着姥姥进了房间。姥姥打开录音机,听音乐。李阿凤煮咖啡,我继续擀皮儿。

吃完饺子,姥姥坐在摇椅上摇蒲扇,春日时分,还没到用蒲扇的份儿上。我端了一碗面汤递给她,也喝了一口就放下了。少顷,睡着了。

李阿凤从厨房刷完碗出来,慢慢摘掉围裙,蹲到姥姥面前,试了试鼻息,眼泪簌簌流下。

录音机里,响着和声《春歌》

春有百花秋有月
夏有凉风冬有雪
若无闲事挂心头
便是人间好时节
朱雀桥边野草花

乌衣巷背夕阳斜

她本人知道自己死了吗
———————————

　　李阿凤从我班主任那儿拿了一份考卷，掐着钟点儿看着我做完，立刻带了礼物让班主任批阅。

　　葬礼之后，李阿凤把自己关在房间里一周，饿了就吃我煮的面条，渴了就喝几口自己的眼泪。第一次从房间出来，李阿凤不解地问道：

　　"你说，姥姥她本人知道自己死了吗？"

"这个得问她本人。"我答。

姥姥放下我端给她的饺子汤,趴在我耳边说:"你张叔来过。"

我问:"什么时候?"

她说:"他留下了一封信,在我树底下埋着呢,你去偷偷拿出来,别让你妈看见。"

我站起身,她一把拉住我:"别现在……"

我问:"他还说什么了?"

姥姥看着窗外:"别怕,往前走。"

她的手慢慢垂落,李阿凤从厨房出来。

高考完的第一天,我在那棵树下挖信,什么都没有。

另一个时间,我跟同学毕业庆祝回来,隔着马路,李阿凤在太平洋百货马路牙子上斜靠一棵树,掐着小支啤酒,放到嘴边喝,时不时用手指着路人,眉眼都是讨好。有陌生男人背着大包路过,她追过去,抓住人家胳臂,笑得特亲切:

"张泉,你去哪儿了?病了也得跟亲人在一起啊,没钱咱卖房子啊,这还能让你一人儿难受着不是?多糟心啊。"

男人甩开李阿凤,往前走,想想又回来,轻轻抱住她:

"没事儿没事儿,一切都会过去的。好好活着。"

她扯住人家的手,心领神会,笑得甜蜜。满大街除了我谁认识她?我躲到树后面。

火车开了

　　李阿凤一周前就开始整理我的行李，光一双袜子反复放了三次——用最科学的方法放最多的东西。炒了各种咸菜，装到罐头瓶子里，试了试行李轻重，拿掉了一罐咸菜："我给你邮过去。"

　　平常看别人家的女儿，也就是被父亲握着手走在街上，如今想起来，这些别人家的女儿都是莫晓青。那是另一种东西。人挑一种情绪来到世间，要么嫉妒要么怨恨，都是前世所积，不针对这个人，也会针对另一个人，而且这种情绪不会如钱一般越用越少，而是相反，处理不当，洪水一般就将你淹死了。

　　她包了三种馅儿的饺子，低头忙活着，也不说话。上车饺子下车面。下车的第一顿记得吃顿面条，和莫晓青一起去。她说。

　　莫晓青要等姜成一起走。

　　离火车开还有三个小时的时候，她把行李交给我：

　　"自己去车站，总有一天要自己走的。"

　　"不是到老了一起吗？"

　　她但笑不语。我拎过行李，开了门，秋意渐起，耳边响起姥姥临终前听的歌：

春有百花秋有月
夏有凉风冬有雪
若无闲事挂心头
便是人间好时节
朱雀桥边野草花

乌衣巷背夕阳斜

车站都是应届考生,一个女孩抱住母亲,突然哭了。另一个男孩眼睛里都是对未来世界的兴奋,上车了,父母分别站在自己儿女的窗口,等待人生第一次重大别离。

离开,萎缩,消逝,中间是战胜苦恼的探寻。最终不舍离世。

我问过姥姥,妈妈小时候是个什么样的姑娘,她说,你什么样儿,你妈就什么样儿。临走的前一天,我曾试探过李阿凤树底下信的事儿,无果。我想,此事到此为止。从前,以后,都是我们母女。此世如此。

车开了,旁边座位的男孩子推推我,车窗下,是李阿凤奔跑的身影,脸上带着笑容。我一下就哭了出来。

车越开越快,她不见了。

第三章

CHAPTER 3

一
─────────────────────────

我想晃晃脑袋甩掉烦恼,

把脑袋甩掉了。

刷夜回宿舍我怒睡。

下午时分被饿醒,泡了一袋方便面,床边夕阳垂落,书桌上一张相框里是中学时代的我,遥远,活泼,好像是别人。

莫晓青和姜成在窗下喊我名字,手里举着信。我跑下楼。

"妈写给我们俩的。"莫晓青解释。

"你看就等于我看了。"我把信还给她。

"跟我们一起吃饭吧?"姜成问。他们手握着手。

"我跟我男朋友吃必胜客,待会儿去。"我撒谎。

"阿武?"莫晓青问。

"你不认识。"我说。

"都换了多少个了。"莫晓青嘟囔,"那我们去食堂了哦。"

信被姜成偷偷放到我的衣兜里。

李阿凤之所以同时写给莫晓青,她是怕我不看。大一时每个月我写一封信,她半个月写一封;大二时我两个月回一封,她半个月写一封。到了大三,她就同时写给我们俩了。上课时,我展开信。

晓红晓青：

见字如面。

无论功课多忙，别忘了吃橘子，每天至少三个。补充维生素C。

钱够花吗？妈妈在家什么都好办，不要考虑妈妈。在外面什么都可以亏，嘴别亏着。我可不希望你们回家瘦了，妈妈会心疼。

妈妈昨天吃炸酱面，还想你们了，上海可没有这么地道的炸酱面。夏天不吃麻酱凉面，你们受得了吗？

晓青多照顾姐姐，毕竟你有姜成照应，姐姐没有。晓青生来成熟一些。

此外，是妈妈格外要嘱咐给晓红的。

女人生来体力弱，智力并不弱，别让任何人感到你的软弱。把它藏起来。不然由此而来的麻烦你们自己想都想不到。

别嫌妈妈啰嗦。但是晓红，这是对的，我知道你哪里不行，也预想你会在哪里栽跟头。

其他人想不到。

妈妈

下课时，班主任叫我："李晓红，你妈妈今天上午打来电话，让你给她回信，当妈的不容易，我女儿也在外地念大学，每次读到她的信，是我最幸福的时候。"

我说："下次她打来电话，你就说，我功课忙。"

"不差这一会儿。"她拍拍我的肩膀。

第一年放假回家时，李阿凤愣愣看了我半天：

"你怎么像上海贵族了?走路飘轻儿的。"

"是吗?可能是因为吃上海辣酱油吧。"我有点得意,"入乡随俗呗,还三年呢,您瞧好呗。"

"胸也大了,晓青没那么大,我也没有,你不会自己老摸吧?"

真崩溃。

二

我想从梦中醒来,
却将梦忘记了。

深夜,阿武将我拽醒,他哭着问:"你怎么可以对我这样?"

同宿舍的女同学被惊醒,尖叫,宿舍老师穿着大裤衩跑了过来:"你怎么进来的?这是女生宿舍你知不知道?"

阿武慌了,一下把我从床上拉了下来。宿舍老师拉我的手,要把我扯开,一边叨咕着:

"李晓红你怎么这么不自重!成天换男朋友,早告诉你要出事儿你不听吧。"

阿武一听,绝望极了。人越围越多。

保安跑了上来,阿武一下把我搂在怀中,勒住我的脖子,不让任何人靠近:

"李晓红,我就想让你明白,没人可以这么对我!"

我浑身发抖:"阿武,我们下去说,我不喜欢这样的你,下去我们慢慢说清楚。"

"一脑袋糨糊！"宿舍老师很鄙夷。

不知道自己是怎么走下去的，只是心中骂了一句宿舍老师三八，就到了楼底下，腿一软，阿武扶我的空档，被保安制服，我一下靠到墙上。

"我就跟她说两句话，我什么都不做。"阿武突然冷静下来。

"该做的都做了吧。"跟下来的宿舍老师揶揄道。

我斜眼看阿武，他被保安架着，泪痕未干：

"我就问你，你怎么可以把感情演那么真？我不信，一个演戏的人怎么会偷了我的心？我把我的心给你了，你也应该把你的给我呀。"

我眼前一黑晕了过去，被诅咒的小孩早晚相遇。担待的不是爱情。

是谁乱了你的方寸？那个人呢——有人问。谁问的？醒了就可以知道答案。我醒不过来。我脑子坏掉了。

三
——————————

再见了再见了再见了你

我坐在以前和阿武约会的椅子上。他明天回老家。夜深，公园里就我一人儿。一低头，睡着了。事发之后，总是有人问，阿武被开除了，你心里有没有难过？

这话应该阿武来问。

雾气蒙蒙的，草丛里有虫子在叫，时而有野猫跑过。太阳快出来时，阿武从树后面出来，背着行李。站了好一会儿，才走过来。

这是他的初恋，他快乐，对于大学生活，像是第一次见到了水的男孩，以为自己是主人。受伤之后把头藏在书的后面，脖子上的伤痕却是被羽毛盖住的。

他走到我跟前，把包放到草地上，脸上挂着不认命。我抬头看他。

"李晓红，我这就走了，我就想问一句，你爱过我吗？"

我仔细想了想："不知道。"

"你今晚就是在这里等我对吧？"他憋住哭泣，"怎么会不知道？"

"我不知道。"我疑惑，"我就是在找，碰上谁都不算谁，找什么我就不知道。"

他在等，我也在等。今夜过去是天明，无法获知命运。

"你还会继续找？"他想了想问。

"会，一直到找到为止。"我说。

"你要什么样儿的？"他问。

"不知道。"

"要是一辈子也找不到呢？"他不甘心的是自己。

"那也是照一辈子过的。"我说。

他从草地上捡起行李，重新背到肩膀上，倒退着走路，泪水被憋回去，脸上挂着笑：

"你一定要找到，不然我……我会恨你。"

四

父非父
母非母
姐妹非姐妹

阿武拽我下楼梯的时候,我腿一软,阿武扶住我,保安上来将他制服。莫晓青在人群中,吓傻了,呆呆地看着我。

我靠到墙上,想让她过来——我唯一的亲人——她转身走了。

五

史康是父亲
懂得慈
懂得爱

我睡在影院座位上,大屏幕放的是《泰坦尼克号》。史康把我推醒了。电影还演着。

史康是一家广告公司的经理,我去他们公司面试,结果好的话,我毕业后可以回北京公司。

他第二天给我打电话,请我吃饭,他有老婆孩子。毕业后我将成为他的助理。我是班上第一个找到工作的人。而且,这个公司实在是我们这个专业能找到的最顶尖公司。我得到了种种夸赞。我下铺要我跟史康说说情,她也去。被我婉拒。她是个麻烦,在专业方面。

"要不要吃点儿东西?"电影散场时史康手里攥着纸巾,眼睛红红的,"淮海路上有一家俄罗斯餐厅的红菜汤挺地道的,我想你会喜欢。"

"你哭了?"我问。

"电影还蛮感人,"他有点不好意思,"你最近功课特忙吧?看你总是睡觉。"

"睡美人呗,等王子呢。你什么时候回北京?"

"后天回,但是我明天也……"

"你明天后天干什么与我无关,我不跟别的女人共用一个男人,如果你因为这个不想让我去你们公司,那也无所谓。"

他宽容地笑笑:"这是两码事儿。"

回到宿舍已经是半夜,爬到床上,下铺拽我床单,吵醒她了吧?刚要道歉,她先说话了:

"哎,你怎么不给你妈写信啊?"

"啊?你怎么知道我不写信啊……"

"你妈让我们问的。"

"越说我越糊涂了。"

"她打电话过来,让咱们宿舍的谁接电话都行,我去接了。"

一阵头晕。

"哎,你怎么不给你妈写信啊?你妈说她明儿打电话来,跟我要结果。"

一股气堵在嗓子眼儿，什么都明白，什么都说不出来，张嘴说的却是："我错了，我不给她写信，我真错了，我给你道歉。"

"说什么呢，这都什么乱七八糟的。"

八卦下铺翻身睡去。

下课后，班主任紧跑慢跑追上我：

"李晓红你慢点儿走……哎哟，等等我……哎呀你是从楼梯滚下去了吗，怎么一眨眼儿就不见了啊，昨天啊，你妈给我打电话过来，问怎么不给她写信？"

"我下铺昨天晚上……"

"你和你下铺昨天晚上的谈话，她都汇报给我了……"

"对不起，我给您道歉，我真不该不给我妈写信，OK，WELL，SORRY。"

"我也就顺便问问，没事儿。"

"WELL，WELL，WELL。"我说。

她突然就扭着屁股走了。留下一个梳着马尾辫儿的女大学生愣愣地看着她的背影儿，玷污纯洁少女的不是她的中学男体育老师，而是大学里的中年妇女班主任。

史康说，我上铺羡慕我找到了好工作，我班主任则替她女儿羡慕。她们之所以关心我的家事，是因为我目前是焦点——让人焦虑之点——万众瞩目之下我千万要趁着成功之际栽个大跟头满足广大观众的期许的意思。

他的解释让我一下冷静下来。

六
────────────

天生就不自然,
也不该自然。

图书馆里只有我还醒着——我在写家书。其他复习功课的都睡了。

母亲大人:
我可能得抑郁症了,所以这么长时间没有给您写信。
我每天吃三个橘子,每顿饭也不差,只是对于您孤身一人,我

作为女儿不在身边,倍感焦虑,不如看到合适的再找一个吧。

您邮寄的咸菜收到了,不要再邮寄了,吃不了。

我病了,您也不要以为是您的遗传,我也相信您会跑到上海来照顾我。但是不要来。无微不至的照顾和无微不至的惦记都会加重我的病情。

写信的事儿,同学和老师都很忙,未必总会提醒我,而且,您都不认识人家,不怕所托非人?

我们谁也不能因为养过狼,就每天睡在墙壁上逃生,我们是女人不是壁虎。

再有,我一直觉得这是个男人的世界,必要的软弱和必要的强势同等重要,没有人能只靠坚强活下去。

晓红

晓红:

你怎么会得抑郁症呢?我没得过,你也不会得!

养过狼是什么意思?你说张叔是狼?你怎么可以如此没良心?他对你不好吗?我对你不好吗?什么叫我们养过狼?那张叔要养也是我养的。

没受过教养的人才会大声说话,我可从没教过你这样写信。

你小时候的第一篇作文可是我帮你写的:祖国大地开满五彩的花朵——这才是我教你的。那时你文笔多好啊。接着就把作文写好了。

你是这样的小孩。

我喜欢你坚强地去做自己,而不是为了男人坚强地去做自己。好多话想明白了,怎么也说不出来。我暂时不会再找男人,女人没学会独立自我之前,最好就自己待着。不要对不属于你的男人动一丁点儿心思。他们连蟑螂都不如。

  随信寄去糖耳朵，蜜三刀。记得睡前刷牙。千万不要学抽烟，对肺不好，肺主皮肤。

妈妈

母亲大人：
我想，我们暂时还是不要再通信了吧。
每次您都提张叔，有劲吗？没话说完全可以保持沉默。
母爱不是用字儿来彰显的。不自然。

晓红

李阿凤再来的信只有一行字：放假还不回来吗？你已经三年没回来了。

回信：23日到京。

七

她哼不再流行的歌曲，
早早睡去。

车一停，我就醒了。

李阿凤站在站台上，新衣服，三年没见，能看出老了。硬撑着一股劲儿。她笑盈盈走来。之后的日景，她一直看我——无论在出租车里，还是在家里，她给我做面条的时候。

"车上人多吗？"她开始切面条。

"多，还有人带了一只鸟儿，叫得跟刷锅声儿似的。"我把切好的萝卜等菜码放在碗里。

"那么热闹？还有人带鸟？"她讨好我。

"它主人特逗，见它叫起来没完没了，就说，住嘴，不然打你屁股，我们都乐了，说没事儿，多好玩儿啊。那鸟儿虎头虎脑的听懂了。声儿小多了。"

"鸟儿就跟猫儿狗儿一样，通人性呢。"

"唉，都是动物性，通人性该多讨厌啊。"

晚上，我提出遛弯儿，走在小区里，好多邻居打量我的变化，把好话抛给她，她都照计划收了，也是真的高兴。

看电视时，她摆了一茶几零食，时不时抓一把瓜子儿花生什么的给我："平时老自己看电视，冷不丁旁边有个人，还真不习惯。"

她拢头发。根部是白的。

"你该染头发了。"

"你帮我？"

我用夹子把她的头发夹成一绺一绺，再用小梳子蘸染料抹上去，像在画国画。女人一像母亲，就开始老了。姥姥在坟墓那边微笑。死了不好吗，再想不下去了。跑了的思想谁都在意，你以为那是什么？是死去的光阴。

锅碗瓢盆的小市民生活景象大多是我的母亲李阿凤给的，那些令人慵懒的春夏秋冬，有很多特别可乐的场景，什么都不想，就等着她把饭做好。如果母爱是为了偿还，何来天伦之乐？那是黄世仁。李阿凤一边歪头让我染发，一边斜眼盯电视。我也在看。

屏幕上，一个学舞蹈的6岁小男孩练功，押腿的时候，疼哭了，我跟着落泪。

李阿凤回头看我一眼："哭啥？别哭。"

说着，自己眼泪却跟着下来了。

涂完药膏罩上头罩，等10分钟洗掉的工夫，她睡着了。要是搁从前，一定是自己吹干然后还能做个卷儿。

跟渐渐老去的母亲在一起的时光，如刀如剑。

八

池子里没有水
毒蛇吐出花朵

门铃响，本来就睡不着。

李阿凤开了门，姥姥在客厅招待客人。我冲出去，他们没看到我。招待客人的瓜果还在。梦里面失去的语言和人都是理所当然。梦最自然，比爱情自然。客人是张叔。张叔不存在。所有的想念都涌上来，无可依托。李阿凤开了门，人不在。如果整容，我想整成梦里的样子。我就想自己长那样儿。

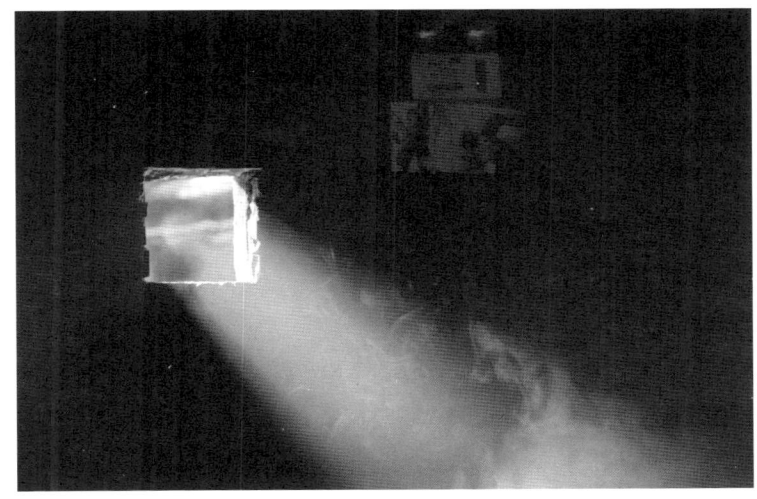

"总梦到姥姥在客厅招待客人。"吃早餐时她说,"他们看不到我。"

不想谈这个,岔开话题。

"我袜子坏了一个洞,右脚的,左脚没事儿。"

"把左脚的袜子画一个洞,就hold住了。"她说。

"妈你可真逗。"我喷了一嘴豆浆。

"昨儿你亲爸打电话,说要一起吃饭,咱去不去?"她问。

"去呗,全当是跑PARTY的时候偶遇了。"我挺高兴。

饭局地点定在簋街的苗岭酸汤鱼。鱼被吃的时候,还是活的。莫晓青捞里面的藕。我喝自制米酒。我亲爸一直看我,心情很不好的样子。

"爸爸的眼神好没良心哦。"我说。

姜成闷头吃菜,偷眼查看。

"晓红。"我亲爸放下筷子,"既然今天碰到了一起,咱们不妨聊聊。你是个女孩,怎么能那么不自律呢?"

"怎么了?"李阿凤警惕地问。

"阿凤啊,你平时不跟晓红聊天吗?男同学大半夜堵到她宿舍了……"

莫晓青头也不抬,一块笋吃了30分钟了。犹大,我心说。

李阿凤放下筷子,目视前方,怒火中烧。其余几个人都在等着。姜成想着对策,他替我紧张。

"莫一山!"李阿凤叫我爸名字,"我们今天来跟你吃饭,完全是看在晓青和姜成的面子上,你来了就老老实实演家庭和睦的场面,演不好就沉默,也没人怪你。至于我们晓红是好是坏,还真轮不到你来评价!第一,你没这个权利,孩子从小就跟了我了;第二,晓红能让男人那么要死要活,是她的本事,是我教育得好!你这么大岁数了,可以没有是非观念,但是,不能当着孩子的面儿没有是非观念!"

我亲爸目瞪口呆。莫晓青仔细回想李阿凤的话。姜成长吁了一口气。而我,此时此刻——

不得不用一首古诗来形容我的心情:

山重水复疑无路,柳暗花明李阿凤。

再来一首:

所谓伊人,就是阿凤。

最后一首:

桃花潭水深千尺,不及阿凤送我情。

"我们走,晓红。"李阿凤一声招呼。
"得嘞。"我站起身。
东直门大街人流熙攘,她走在我前面,错过了地铁站,我在后面提醒她,她也不搭腔。只是步伐急促。我想拉她的手,被甩开。突然,她往前跑了两步,像是要逃跑,又突然,她返回身逼近我:

"所有人都知道这件事儿,就我一个人蒙在鼓里……你把我当成什么人?嗯?!你要是不写信告儿我,就谁都别告诉,干嘛有人知道有人不知道啊,还就我一人不知道。你让我在莫一山那儿多没面子？你让我往哪儿搁这张脸，当面对街坊邻里的时候？"

她的身后，张叔跟着人群过马路，我看呆了。

"看什么呢你……"李阿凤问。

我想回答："等我写信告儿你开心吧一举两得了吧？"话到嘴边，却是："妈，别在马路上发火，不好看，咱回去说……"

我突然再也装不了了，再也不行了，我演不了孝女——我向那群人跑去。

九

"妈妈你从来不知道，

我为何总是双拳紧握？"

夜里，我假装熟睡。史康拨弄我，一直到完全绽放。他能满足我对男人的所有幻想。一直到他进入，我都假装睡着。

"没看到你张叔？那群人里没有？"他点了一根烟。

"他太伤心了，他藏起来了。"我把被子拉到脖子底下。

"他会知道我们在一起吗？"犹豫了一下，他还是问了，"或许他一直跟着你。"

"没人会知道我们在一起，这是一种不必公开的关系，它见不得人。"我义正词严。

"它什么都不是？"他声儿变了。压抑着。

"什么都不是。"我十分肯定。

他睡熟后，我抽他的烟，宾馆的窗户看上去总要休闲一些，

月亮在外面晃。假期快结束了。把烟碾灭，我穿上衣服，在楼下打了一辆车，回家。

家里静悄悄的。我和衣而卧。第二天中午，被外面麻雀嗑窗棂的声音弄醒。去冰箱翻吃的，发现李阿凤不在家。晚上也没回来。第二天早晨也没有。

我包了一辆车去公墓——给姥姥上坟。

芳草萋萋鹦鹉洲，混眼混看混世界，明明是夏季，整个坟场萧瑟得凄凉，想想我们不过都是物质，死后的我还知道曾经的李晓红吗？一想这个，自己看自己都陌生。

姥姥的坟前站着俩人儿，其中一个跪了下去，仔细辨认，是李阿凤和莫晓青。

我踮起脚尖儿蹭到旁边，藏到树下，晃树，果然，李阿凤抬头，并确认："姥姥显灵了。"

莫晓青一脸狐疑，到处寻找兔子之类的东西，一鼻子闻到了我的所在："姐，你也来了，快给姥姥磕头。"

李阿凤见是我，拉着莫晓青就走，头也不回。我纳闷地看着她的背影儿，突然明白了，她是故意私下里和莫晓青来上坟，故意冷落我。这是她报复我没有给她写信，没有跟她及时汇报我的思想动向，对她产生的伤害。我伤害了她，她要一笑而过，这是气度。

我将祭品摆在坟前，跪下磕头。

"你生气了才自己跑过来的吧？"李阿凤的声音在我身后响起。

"姥姥，"我磕完第三个头，"我快毕业了，估计会有一个大的广告公司聘用我，前途还不错，来跟您说一声儿，您别担心。"

身后再无声音,假装慢慢回头,却看到莫晓青和李阿凤关注的眼神。

"你去大广告公司了?"莫晓青问,"奥美?"

"差不多就是这个等级的。"我说,"我包了车,一起回去吧。"

突然,狂风大作,我们不约而同蹲在树边儿躲阴气儿,一团无名风沙卷过后,风住月消云盖树头,泣眼看去,姥姥的坟上像被一群暴怒的鹰干过。我想,这次姥姥真显灵了,因为这反应跟她生前是相同的——伊还是人类时,一愤怒脸就像被一群暴怒的秃鹫干过。

十
——————

鬼
在深夜摇铃

为何我睡在火堆里从未被焚毁?随行遂重生。

李阿凤这些天格外兴奋,烫了头发,买了新衣服,哼着小曲儿从我卧室门口经过,在客厅大声讲电话:

"哎呀,我还想更幸运呢,真是希望这只是第一步。"

我把儿时的缎带呀头花呀什么的收拾进姥姥给做的十字绣布口袋里,扛了一把小锄头,出了大门,打了一辆车,来到姥姥家,在那棵说是埋了信的地方挖了一个坑,将其埋入。不禁垂泪。

远处,不知谁家在放《葬花吟》——

花谢花飞飞满天，

红消香断有谁怜。

    我跪倒在那团土壤上面，直到黄昏，方回家。在小区门口，碰到等出租车的李阿凤。

    "出去？"我问。

    "有大事儿要庆祝。"她说。

    "哦，那我上去了。"

    她就想我问是什么事儿，我问了，她就可以借此冷落我——我谁都告诉了就没告诉你李晓红，你该知道这是多么难过的事儿，你也该明白，我李阿凤有多么重要了吧？我低着头从她身边走过。沉默是金。但这事儿一定是没完，果然，半夜，李阿凤带着莫晓青，姜成一起回来，一看就是喝了酒，三个人有说有笑。我在收拾行李。后天的火车。李阿凤敲我房间门。

    "晓青姜成来了。"

    "收拾行李呢。"

    "吃了没，我们带了烤鸭给你。"

    "不饿。"

    此时此刻，我非常想告诉李阿凤，如果你不是我妈，我认识你是谁？我干吗关心你。因为你是我妈，你就觉着自己有这个权利让我不知道您的事儿。可您问过我，我想知道吗？多糟心的打算，多糟心的计划，您就能做得出来。也不嫌丢人。

    客厅里大家吃西瓜，姜成告诉我，李阿凤进了二级妇科医院了。

"太好了！这几天我都想知道到底怎么了，天也没塌，结果是这事儿，太好了！"我大呼小叫。

李阿凤看我脸色，当姜成告诉我她的好事儿时，她在等好戏上演。

我说："祝贺你，妈妈。"

她不甘休，她还有杀手锏：

"一直没来得及告诉你，我之所以进了这个医院，是因为救了一个电影明星张某某。今儿饭局啊，他也去了，把晓青紧张的。"

张某某是我最爱的电影明星。

"没电影里帅。"莫晓青说。

"见了明星就有好工作了吗？"我笑。

"姐……"莫晓青一脸乞求。

"我睡会儿去。"我说，"好好睡一觉，后天大后天就上海了。想想就高兴。"

谁点燃爱之火，并持续让它燃烧？有权将其熄灭之人。它早已不属于李阿凤，她却从不知晓。李阿凤愣在沙发上。她没想到我是这个反应，于是去厨房端水时，一头撞到门上。把自己摔在地上。

十一

长在美人脸上的
就叫美人痣

人就像一棵树，什么时候被砍，抑或长一万年，都由不得自己，一动一静，殊途同归，可真有意思。拼命不让自己睡太多，怕变成一棵树。不是不认命，觉得自己等不到。小孩在门口敲门，我能开，树不能。开不开，命运是一样的。

身体是一条船，可惜上错了岸——顾城说的。

李阿凤给我邮来她们聚会时的照片，我看了一眼，是真不关心。那个影星别人显摆还成，她显摆，我就真不爱了。

贫困，死亡，无情，人生最怕的不就是这个吗，6个字儿千言万语。

无情的最高境界是麻木，麻木的最高境界是假装修禅。前半生冻着，后半生回暖，都用来拯救自己了。

晚上食堂吃饭时，莫晓青和姜成端着餐盘过来。

"妈要过生日了,你送什么礼物?"莫晓青问。

"周末去选,你去吗?"

"姜成陪我。"莫晓青说。

"我讨厌死你们了,应该让学校给你们开个会,我讨厌死你们了。"我假装嗔怒。

姜成笑了起来。

周末,一个人去逛小市场。

"姑娘,你心里有难事儿。"一个算命的坐在树底下,"堵着。"

"怎么看出来的?"我蹲下身。

"这颗美人痣。"他捻起莲花指指着,显得特地道。

"长在这儿的不是美人痣。"我站起身。

"别瞎想了,长在美人脸上的,就叫美人痣。"他看透红尘,脸有贼光。

本来不想搭理他了,可话说得实在是中听,犹豫着要不要走。

"你们俩是金风玉露,你活着,他没法死。"

他边说边伸出手,我把钱递上去,他接了扬长而去。感情太多了,一下子全冒出来还好,可眼下找不到出口。贱成零花钱了。思想一定不是这么转的。转对了一切就都对了。又反感又恨。

李阿凤推开门:

"你怎么又在吃药?没事儿老吃什么药?"

我将中药一股脑倒进嘴里,一脚将门踹上。

离开前的一晚就是这么过的,早晨打了车去车站。她为了证明能控制我,都不敢跟我一起去天安门广场,那地儿太大了。也就小区里遛遛。

我把礼物邮给史康,让他找个伙计带过给李阿凤。

一周后,我接到史康电话:

"晓红,你要冷静——你妈去世了。"

"怎么说?"

"伙计敲门,没人开,刚一个邻居路过,说,这个老太太上周急病,没抢救过来,走了。"

我一下就慌了,让史康去附近医院问问,去太平间找找,都无果。我问他那邻居长什么样儿,他边回忆边描述:

"长脸,有点胖,丹凤眼,穿一件白衬衣,蓝裤子……"

我放下电话,这位邻居就是我妈。李阿凤说自己死了,在她过生日当天。

十二

阳光画出美人

叶子滴水

莫晓青大笑:"妈怎么越老越像小孩了?这要大晚上的跟人说,我已经死了,该多吓人啊。"她用胳膊碰我,"怎么能在讲事儿的过程中就睡了?"

"我睡了?"

她点点头:"说得正热闹呢,突然就没动静了。"

火车上人不多,莫晓青喝茶,一口一口,一点声儿都没有。

"哎,到了北京,咱们定一天去三里屯庆祝毕业吧?"我提议。

"你请,喝个大醉。"她挺高兴,"去了那么好的公司多好啊。"

去公司报道那天,我跟史康提出分手,使出莫晓青那股憨劲儿,站他面前:

"我们是上下级关系,再多一点儿,我就离开这个公司。"

他哭了:"你怎么看着那么像刘胡兰啊。"

我把头深深埋在莫晓青的颈窝里,她没表情也不说话。咕咚一声咽了一口茶。

一个月后,我被史康请去喝茶。我以为他要辞退我,这太可怕了,我已经爱上了我的工作。他告诉我,今天李阿凤去公司找到他，一项项数落我的罪过。

一，晓红虽然跟她住在一起，但是已经一周没见了。

二，晓红的第一个月工资是多少，为什么没上缴她李阿凤？

三，她往办公室打电话，为什么李晓红从来不接？她真的在这里上班吗？

四，李晓红有没有男朋友？有没有婚前发生不正当的关系？作为上级，请史康替我做母亲的予以监督，多谢。

我啜着咖啡，极力想让自己冷静下来。

"史康，你知道吗？我觉得跟她说什么都是错的，说什么都觉得对不起她，都觉得她可怜，如今她一去公司，我更体会到她的绝望。理解比仇恨更加有杀伤力，但是能让人死的，是因此而来的愧疚感。"

史康拿出一串钥匙，递到我手里：

"这是我给你租的一套房子，女孩子大了，应该自己住，我女儿大学一毕业，我就会给她买一套房子，让她有自己的空间。"

回去的路上，一车的月光，好像刚换了笼子的小鸟，又害怕又逞强。

"今晚搬吗？"他问。

"今天去三里屯，庆祝我和莫晓青毕业。"

他打开音响，《嘿，你又来听我唱这首歌》锁咽喉：

嘿，你又来听我唱这首歌

我不知能给你带来忧伤还是快乐

失去的岁月里

我也有初恋的滋味
而今歌声中我的情感不愿再错

嘿，不要拿麦克风来吓我
在惊吓中长大的孩子容易早熟
不为什么
因为我已经爱过
所以我今天告诉你我不愿再错
不为什么
我不愿意另一个温柔成为我的枷锁

静下心听我唱
温柔的歌

台北的夜色总是这样
错误的交错

十三

再见

我一个人坐在窗边喝红酒。莫晓青很晚才来，她去陪姜成面试了。她从门口进来，我冲她举举瓶子。我们姐妹坐下来。
"你就一辈子跟姜成在一起？"我问。

"一辈子，这是真实的生活。"她很坚定，"你呢，就这么老换男友？"

外面下起了雪，莫晓青跑了出去。姥姥说，错误就像错误，正确就像正确。我的生活不纯净。我将杯中酒一饮而尽，跟着出去。

"莫晓青……"我走到她跟前，"他们离婚的时候，答应我们小学在一起，中学在一起，多么幸运，大学我们也在一起，所以，从此以后，我们就不要见面了吧。"

没有他们就没有我的现在，但是我需要没有我自己则没有我的将来。

莫晓青的眼神非常复杂。她也有许多解不开的谜，可是，她的性格把它们化解掉了，这让她少走了不少弯路，这让她没那么复杂没那么坎坷，她有许多的想不开。她是我的双胞胎妹妹，戴眼镜的那颗精子。

她迷失在雪花里，多大的雪花儿啊，让我看不清她，我从未回头，我知道莫晓青在背后看我，她看到的情形，就是我看到的。看见了吧。

回到家，收拾了细软，打了一辆车，去史康帮我租的房子里。

半夜，史康来到我的住处。我们在一个地方亲热，在另一个地方想念。

李阿凤在她的房间里，一直没出来。我拎着行李走出来时，她的房间突然就安静了。

哎呀再见。

（十年后）

第四章
CHAPTER 4

序场

我跟史康好了10年,他的女儿已十多岁,每次史康见我,总是把他的结婚戒指摘掉,放进西服口袋。我没见过他老婆,他老婆知道我吗?

史康给我在望京西买了一栋房子。

逢年过节,我听《葬花吟》:

花谢花开飞满天
红肖香断有谁怜
柔丝软系飘春榭
落絮轻沾扑秀帘
一年三百六十日
风刀霜剑严相逼
一朝春尽红颜老
花落人亡两不知

李阿凤一共结了四次婚,如今嫁到上海。没听到莫晓青和亲父的消息,彼此是一颗水珠,沉于大海。

第一场：日　外　深圳

人物：李晓红，史康
台词：你以为自己为什么说我死了

周日，我跟史康出差去深圳。
"玩儿不够深圳吗？"他问，"每次都要跟着来。"
我蹲在窗台上看大海，涛声神秘广阔。有人趁着黑夜乘坐滑翔伞，海鸥惊飞。史康从后面抱住我。跟有情人做快乐事，管它是缘是劫。
"我爱你呀史康。"我轻叹。
他搂我更紧，好像我是一注牛奶，抱不紧就洒了。

驱车去市区签合同的路上，我不禁握住他的手，却不知道自己已经到了极限："带我走吧，去哪儿都行。"
他一下将车停在路边：
"要是有一天，你不再害怕，我就离开，我只能这样爱你。"
"可我已经离不开你了。"我眼泪禁不住掉落。
"你不该在深圳跟我说这个。"
他站在一个地方，不敢动也动不了。我们都想做一棵树，等待某个结局，谁都不担待。我不该跟他说我的过去。我什么都配不上。
回来的路上，他突然就不行了，肚子疼。阑尾炎。手术后的第三天，他把手机递给我："帮我给她报个平安。"

拿了手机，站在楼廊上，我发了一个短讯：史康死了。外表平心静气，内心凶神恶煞。滚蛋。关机。十分钟后，我的手机响，他老婆打来的。我卸掉电池。

"谁的电话，还不接？"史康注意到了。

陡然发现，这样做一点意义都没有。我到底是怎么了？

"我刚才发短信，说你死了。"我对他说。

他拿起手机，开机，查短信，低头想着。他一为难就低头。电话响，他接。他老婆。

"我没事儿，是个误会……"

话没说完，对方挂了电话。

"还像个小孩子！"他把电话塞到枕头底下，"你以为自己为什么说我死了？"

"分手吧。"我脱口而出。

他审视我的表情。

"我待会儿回宾馆。"我走下一步棋，"收拾一下我的东西，换个房间。"

"如果你不再害怕，就分手。"他说。

"ok。"

回去的路上，我想起一个电影，里面女儿没有办法跟父亲用中文交流。因为这种语言里充满仇恨，嫉妒，谎言。

"我想表达爱。"女儿说。

你以为自己为什么说我死了？

第二场：日 内 李小红家

人物：李晓红 李阿凤
台词：把史康夺回来

李阿凤鞋都没脱就进来了。她一嘴烤瓷牙，面部拉得像刚被切开的芝士蛋糕。一看就是嫁得不错。她打量着我的房子，自己从冰箱里拿了一瓶水，一口干掉半瓶：

"你上司的老婆去上海找我了。"

从李阿凤的叙述和分析看来，史康老婆去上海是经过深思熟虑的，直接找我只能让史康和我更加难舍难分，这从某女明星和某著名作家以及原配之间的纠葛已见分晓。

"她都不爱你了，你干吗还和他在一起呀？"女明星问原配。

史康老婆深深懂得，让一个女儿为难的不是情人的原配，而是其父亲的原配。没有母亲会高兴让自己女儿当小三。她在李阿凤面前痛哭流涕地将事情讲出——他们以为她不知道——她且明白这事儿有报应呢，她也是一棵树，就是被雷劈了。

李阿凤安静地听完了，中间频频点头。看她说渴了，懂礼貌地续了一杯茶静静神儿，其表现特像一个会做一桌子菜的慈母。

最后，李阿凤做了如下总结性发言：

"从你刚才的叙述中，我知道了史康的弱点，我回北京，告诉我女儿怎么把你丈夫夺到手。"

"您开玩笑吧？"史康爱人懵了。

"我跟你熟吗？"李阿凤一本正经，"熟人我都不爱开玩笑，我特认真一人儿。"

讲到这里，李阿凤颇为得意。

"然后呢？她没撒泼？"我问。

"她敢？她欺负我就是欺负你，我怎么能让她这么干？不过我今天来，不是跟你说这个的。"

"把史康夺回来，对吧？"

"爱一个男人最终一定会伤于爱，爱钱则不会伤于钱，钱是用来花的不是用来伤感情的。"

"哦，让我找个有钱人，像你一样，行，您没白来，我同意了。"

李阿凤使劲儿摇头：

"把史康夺回来。爱比钱重要。这是我有了钱之后的感受。"

"您刚才不是还说爱钱就不会受伤吗？您到底什么意思？"

"我刚才那么说的？"

"您这更年期够长的嘿。"

一句话都不想多说了。我再也无法解释自己到底在干什么了——到了第十年关头。得有多大耐心才能等待这百般不得表达的爱？我他妈烦死了。从此以后，我将再也不为任何拐弯抹角的事情煞费苦心，人生苦短，有的是事情做呢。

史康老婆大约不知道著名作家的原配是这样回答的：

"那你看作家也不跟我离婚，怎么办呀？"

正室范儿啊需要培养，老婆等我跟史康分手了教你哈。

李阿凤第二天早班机，我煮了速冻饺子，上车饺子下车面。出门的时候，她低头系鞋带儿，脖子后面一道道抓痕。

"她抓你了？"我惊叫。

"我先动手的。"她表情挺横，"别往心里去，妈有几句话想跟你说，不知道你爱不爱听。"

"疼不疼？"我眼圈一下红了，"对不起都是我……"

李阿凤打断我：

"我们可以一秒钟遇到一个人，一分钟认识一个人，一个小时喜欢上一个人，一天时间爱上一个人，却要用一辈子去忘记一个人。"

"什么意思？"我眼圈还含着泪。

"你最爱的人是史康，不是别人。"李阿凤说道，"我不想你像我忘记张叔那样，去忘记史康。"

崩溃极了，在路边打车。一路谈天气喝牛奶打饱嗝。

安检口，我还是没忍住：

"他的坟墓在哪儿？"

"谁？"李阿凤一脸诧异。

"张叔。"我盯住她。

"云南。"

"云南什么地方？"

"大理。"

"大理什么地方？"

她没回答，进入安检，走到一根柱子后面，挥手告别，好像那根柱子长了利爪。

第三场：日内　酒吧

_____

人物：史康 李晓红 张泉

台词：姑娘，你心里有难事儿

我约史康在"上弟弟"咖啡馆见面，他拎着从法国买来的婚纱，手上捧着鲜花。

"喝的咖啡？我也来一杯。"他落座。

"如果你老婆再去骚扰我妈，我就杀了你们全家，她试试。"这是我约他来的目的。

"那我就写遗书，说我们是自杀。"他笑。

我从他西服口里掏出钻戒给他戴上。鲜花还放在窗子面前。史康的脸藏在后面。我带走了婚纱。路上我哭了。史康你把东西收拾好。

史康呀，史康你什么都懂，可真爱一定要心领神会，到这个上你就糊涂了。什么都好，只是有两件事儿，让我不甘心，一，你不该总觉得自己在这件事上吃了亏，无法往前走，我是跟你在一起呀。二，你不该把我母亲的地址告诉你老婆，什么叫我以为她不会去？你自己没有母亲吗？

史康你处处为我着想——我藏着的东西，你也当宝贝藏着。可是，真爱是有个性的。它流在血液里。它不能用来算计，你算计它会得到什么呢？一算，就跟钱有关了。可是，这10年，每次要沉入湖底，总被你救出来。史康，我的恩。人真的有灵魂，活在别人心里。身体迟钝，感受不到。灵魂能。亲人是血液之间的联系。可这不是目的啊。活下去就知道了。每个人都有其他事。

灯火阑珊，路人游魂，春秀路边有一个酒吧矗立着，好似鬼魂投宿的夜店，10米开外就能看到，跑到跟前儿，一脚踏进去。

这个店装修得真是豪华，水晶灯冒着金色的泡泡，地板踩上去打滑。酒实在是不便宜，因为如此，过不多一会儿，店里只剩我和那个年轻男孩了。后面是一个老实人在喝酒。小青年儿守着一个红

酒瓶子，慢慢啜着。我喝鸡尾酒。

吧台边儿只有我们两个人。

"让我猜猜你是干什么的？"我搭讪。我醉了。我控制不了自己。

他似乎才注意到我：

"我是干什么的？"

"我猜你呀，什么都不用做。"

"你呢，你是做什么的？"他不置可否。

"我是个公关。"

"公关不介绍自己名字，只公别人关吗？"

"李晓红。"我乐了。

"张泉。"他伸出手。

他的大嘴巴紫色的——感觉甜甜的。一见倾心，巫山云雨。

张泉，富家公子，京城小四少之一。他什么都不用做。

我问过他，是不是因为认识当天一夜情而一见钟情，他乐了：

"当你跟我说，你爱我口袋里的铂金卡的时候，我心就有了缺口，因你疼。"

"怎么呢？"

"姑娘，"他笑，"你心里有难事儿。"

他27岁，一笑露出白牙齿，修养甚好的原因在于无忧无虑。

第四场 日内 李晓红家

人物：李晓红 莫晓青
台词：你们俩谁提出分手的？

我和莫晓青重逢得非常蹊跷，她去我们公司应聘，她忘了我在这个公司。姜成把他们的房子抵押了——他一个朋友母亲病了，要去法国治病。这导致她不得不重新找工作，本来她因为要结婚已经辞去了工作。我翘班陪她。去我家。她看着我满衣橱的名牌衣服，装修豪华的大房子，有点不自然。我把新煮好的咖啡倒给她。

"谁会去法国治病？"戴眼镜的精子太愤怒了。

"爸呢？"我问。

"爸去美国了。"她甩甩她的短头发。

"你们俩谁提出分手的？"我问。

"我。"她回答，"哎，你一举手一投足都像妈，越看越像。"

"是，都找了一个有钱人。"我自嘲。

"不是这个，是动作，眼神。"她纠正，"哎，对了，我前段时间在街上见到他了。"

"谁？"

"张叔。"她喝了一口咖啡。

"妈说，他被埋在云南大理。"

"哦？看错了？"

吃饭时，我告诉她，她所应聘的职位已经内定了。招聘只是个形式。聊了些没用的,她看起来挺焦躁。也不掩盖。这是我们目前的区别。

送她到电梯口,我不禁又问:"你确定是他?"

"西单路口,我认为我没看错。"

电梯门把刘胡兰送走了。

半夜,怎么也睡不着,打了一辆车,来到西单,坐在街边椅子上,待到天亮。

第五场：杂景

人物：姜成 莫晓青 李晓红
台词：晓红，你好吗？都多久没见了？

莫晓青因为想要短时间内钓到大款的欲望非常强烈，办了10多张信用卡，用度20万。

"你以为谁会在一个月那么短的时间里爱上你？然后帮你还钱，还得娶你？你真以为自己人见人爱？"

"你能行我为什么不行？"

"你为父母而生我为自己而生，可是，你一开始是因为讨好父母掩盖自己的精明，现在是你对自己的傻信以为真了。你装太久了。"

"所以我不装了我去傍大款。"她一脸迷茫。

我带她去一个PARTY，认识了企业家沈涛。沈涛对她一见钟情。对她的好不亚于姜成。

鉴于此，我给姜成打了一个电话："我妹不敢说的事儿，我跟你说，麻烦你从那房子里搬走。"

"晓红？"姜成在电话那边迟疑了一下确认道，"你还好吗？多久没见了。"

"姜成，男人的品质取决于他的信用卡额度，别老用爱忽悠我们，老话说的好，那玩意儿能当饭吃啊？！成天拿那个说不清道不明的东西生活，有劲吗？"

挂掉电话，我突然就发现，我说的是对的。

男人的价值取决于他的信用卡额度！而正确的爱情一定是一串数字，为什么？因为万物皆数字——房屋面积，你的三围，你的年龄，你的工资，出租车的公里数，表的指针，如果你没有掌握数字，你的生活就活该是悲剧。用来表达爱情的数字是什么？父母是否健全，身高多少，体重多少，几个兄弟姐妹，都不能代表爱情。那么，只能是钱的数量。不要以为钱和爱情是对立的，那是教育失误。不要嘲笑那些嫁给富二代的明星，她们勾画了考卷里唯一正确的答案，简化了人生，获利最多。

我的脑子里亮着一盏灯，它是车前灯，白天黑夜去往神秘地带。我不在车里。

我可能早就疯了。

第六场　夜内　莫晓青家

人物　姜成　李晓红
台词：给我用用怎么了？

姜成在洗澡，他气恼地坐在浴缸里，腿上打着石膏，莫晓青说，她让他跳，他就从二楼跳下去了。我想扶他起来，他甩开我：

"李晓红。"他用浴巾挡住身体，"就算一千个一模一样的你们站在一起，我也能认出一眼我们家莫晓青。"

我倒要看看能坏到什么程度。不要命地活着和小心地活着，都是被上帝弹断的琴弦。我是琴梆。我坚信。于是我跳进浴缸。

"给我用用怎么了?"

"你疯了吧?"

他用一条腿站了起来,想往外迈,摔倒在水里,怎么也爬不出来,差点儿呛死。我把他捞了出来,亲他抚摸他,想让他把我按到墙上干。是真的,我从小就觉得他长得像廖凡。好多女的都想让廖凡把自己按到墙上干。他推开我。

我往浴缸里注水。他使劲挣扎,水就要漫过脖子的时候,我走了。

一个月后,莫晓青跟我说,姐,你知道吗,姜成有天差点被淹死在浴缸里。

她一脸后怕和心疼。沈涛爱她,就像父亲和姜成那么爱她。他们得到她的笑,比获得金子还开心。他们看到她哭,心碎了一地。

"你怎么从来都不哭不闹?如果你去我家闹,我早就离婚了。"

史康在"上弟弟"咖啡馆里问。

索爱的人得到的是善良的应承,不是爱吧?莫晓青就从来不哭不闹。

第七场　夜　内　慈善晚宴

人物：李晓红 莫晓青 李阿凤
台词：从小到大，你赢过我吗？

史康的母亲郭英英的妇女会在上海举行了一个慈善晚宴。晚宴要开始时，我斜眼看到我妈李阿凤坐在落地窗地上抽烟，服务员赶她也不走，盯着我，看样子也无法说话。脸是青的。一字不说千言万语，全揿在我妈的牙缝里。

我把她带到休息室，她憋了半天，终于蹦出一句话：

"莫晓青说，他跟你求婚了？"

"是，钻戒都送了。"

"你跟他结婚没有问题，他比你小也没有问题，你知道问题在哪儿吗，在于他叫张泉。连我都分不清。"

"你分不清什么？"我笑。

"你还笑？我一直不知道他对于你的分量……那么重，啊？！"

我陡然被一股气窒住，一时半会儿的不知道要说什么：

"没事儿，就走吧，我还得工作。"

"我且告诉你，若是你跟他结婚。这是一场没有父母祝福的婚礼。我诅咒它。"

李阿凤将烟熄灭，往外走，我跟在后面，她突然转头，满眼睛愤怒："晓红啊，你太让我失望了！"

"这不是我的目的。"我说。

"对,你在乎的是你自己失望不失望。"

我豁然点头。李阿凤用食指点点我,我闪开。她去停车场取车,开走了一辆大奔。

我晃晃悠悠去会场,莫晓青也正往会场里进,我跟在后面。到了门口,她被会场豪华的阵势吓了一跳。倒退一步,我一把扶住:

"晓青啊,我对你太失望了。"

"我喝点酒就会好。"她觉得对不起我,"别担心。"

手机响,沈涛发来短讯,要跟我见面。让我去房间等他。行。我回。

他跟我求婚,他跟他老婆离婚了。我向他亮出张泉送我的糖果戒指。

他想要拿那个戒指,我将它藏到身后,像一个藏糖果的小姑娘。他不想知道答案了:

"原来离不开你的人,是我。"

"再见。"

他一开门,放进来莫晓青,看来是站半天了。她扇我一个耳光:

"你自己没有体面的爱情,也不想我有!"

"你只能像我,才会有人给你好生活!"

"你总是这么自以为是,爸不选你……就是因为他看不起你,我也看不起你,谁都看不起你。"

我要扇她,莫晓青一把抓住我的手。

"从小到大,你赢过我吗?"我问。

她突然就乐了,转身走了。她一乐,让我明白,从小到大,我从来没赢过她。

李阿凤，史康，莫晓青都纷纷转身走了。今天是个特殊的日子。

我让莫晓青假装有钱人，号称父亲在美国做石油生意，郭英英一眼识破。这不是让莫晓青感到丢人的地方，真正让她过不去这个坎儿的，是她在嫁入豪门的路途中，每走一步，都是我和沈涛计划好的。是的，这个世界没有一见倾心一见钟情，都是计划好的。

第八场　日　外　婚礼现场

人物：莫晓青 李晓红 张泉
台词：我在躲避那场爱情劫难带来的伤害

　　姜成去了蒙古。莫晓青欠了一屁股卡债，度日如年。她就是把自己的憨厚当真了。星座师说，我们这个星座的人，丢失自我长达15年，今年，将渐渐回归。

　　婚礼时，伴娘莫晓青把史康发到我手机上的短信给张泉看，那条短信的内容是，晚上我去你房间，爱你的史康。在这一刻，真正的莫晓青回来了！

　　张泉这个每天早晨张开眼睛就找感情的双鱼座啊，他看了短信就疯了。突然觉得我好想念他，就算他在眼前，依然是想念，我不禁哭了起来：

　　"你还记得我们第一次相遇吗？你知道我那时候为什么去那儿？因为我刚分了手，跟一个在一起10年的男人，他是史康……他有老婆，有个小孩……我跟他耗了10年，都分不开。还记得那个黑纸袋么？那是他送我的……不是我忘不了他，而是……我在躲避那场爱情劫难带来的伤害……我真正期待的是，不管刮风，下雨，生病了，还是受伤了，都有你陪在我身边，就像你的家人……"

　　张泉抱住我。莫晓青研究着我，实际上是想弄清她自己。星座上说，在2010年，摩羯座如果是双胞胎姐妹，一方可从另一方身上找到自我。她爱姜成，从第一眼见到时起就爱他。没有他，她会跳楼。这是她的人生她的性格。

婚礼结束后，我和张泉去阿拉斯加度蜜月。

飞机上，我握住张泉的手："我把我的心给你了，你也应该把你的给我呀。"

他回答："我把我的心给你了，你也应该把你的给我呀。"

第五章

CHAPTER 5

怀孕的第二个月,我做了一个梦。

三里屯有一家宠物店,一只牡丹鹦鹉和一堆猫狗在一起,非常孤独,我把他买了下来。

"要是他哭,我就送回来。"

老板恶毒地看了我一眼:"那我们可不收,他在我们这儿快一年了,没人要,有一次差点被猫吃了,我们还救过他,送回来直接喂猫。再说了,他这笼子就不止100元呢。"

拎着鸟笼子打车,没有人载我,司机怕弄脏车子。我走了回去。那鹦鹉在笼子里伸出头轻轻亲我。红色的大嘴巴。

在超市里买水,把他放到地上,以为我不要他了,拼命叫,拎起笼子才消停。

我给他起名儿叫胖。

半年后,胖突然见谁咬谁,下狠嘴。我把手放到他的嘴巴上,跟他说话。他听懂了,哭了。温顺地舔舔我。哀伤了好久。他趴在杆子上,说,之前我被一个人家宠养,跟我一起的有一个同伴,死了。我在那个宠物店里待了一年,晚上也不敢睡觉,怕被猫儿吃了。我知道你来过几次,每次都逗我。我就祈祷你能收养我。如果有来世,我就做你的女儿。

然后,出现一个镜子,镜子里,我是李阿凤,那只鹦鹉,是我李晓红。醒了。

母亲，你是我人生的第一个笔画，最后一笔无法偿还的情债，我在每颗树上刻下对你的歉疚。

从阿拉斯加回来后，李阿凤开着大奔从上海赶过来。要带我出去走走，一路无语，只是开车，抽烟，我看车外面。车停在钱粮胡同口，刚值秋天，偶有落叶飘下，我拍了照发到微博上。她驻足在一个破旧的宅院门口，推开门踏进去。

院子里有一颗老榆树，树底下是个脸盆儿，油漆斑驳，却十分干净。推开房门，被斜在墙角的毛线团大的阳光吸引住，暖流入心。窗边儿是一张床，床上躺着一个人，穿着白衬衣，好像睡着了，听到有人进来，侧过头。是张叔。

我走上前去，轻轻蹲在床边儿，把头枕在他的胸上。他把手放到我的头上。

葬礼上，李阿凤说，他就等着见到我，才肯咽下最后一口气。

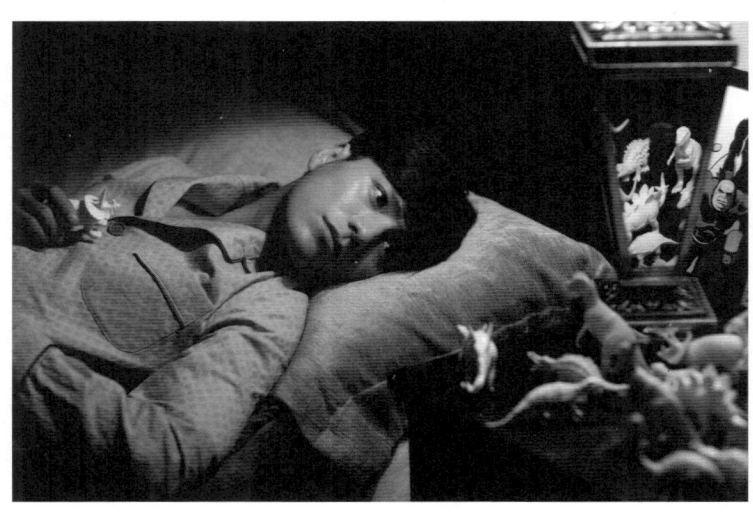

第六章

CHAPTER 6

信1

晓红：

总想写点什么，就写了这封信。应该是最后一封。

我从未跟你说过我过去的事情，跟你妈也没说过。现在生命倒数，我什么都不用做了，走到哪儿都是满眼睛的过去。历历在目。

我5岁的时候，X先生教我学舞蹈……不行，我说不出口，要死了都不行，说不出来。

还有一件事情是我无法确认的，你是否能够幸福，我的命，也就到这里还值钱。

我要飞不是因为你对我不好，而是因为我长了翅膀，你对我最好。死了也没遗憾。

我之所以害怕是因为有神灵存在。

人像是被关在监狱里，三顿饭，三顿药。想想周围的人和事儿，都是被燃过的废纸。跳舞的时候是最快乐的，跟你在一起也是最快乐的，第一次见你就这么觉得，生怕丢了这个。

想赚个红房子给你，里面想要什么样的爱都有，像各种供应不绝的甜品，一辈子吃不完。

还想听你说几句话。骂骂也行。好像是你走了，我没有喊你回来。有很多力气使不上，都是命。我认自己的命，不认你的。

我和你妈烙饼,你放学回来,看我们一眼,丫头样儿。放下书包做功课。

这封信等你上大学会看到。放姥姥那儿。

之所以跟你说这些,是让你不要怕,草是草,树是树,谁也别学谁,谁也替代不了谁,这些事情到要死了才明白,但是能够告诉你就不晚。

我有过几次濒临死境,这次是真来了,爱的时候,是不怕死的。除了这次,其余几次都怕。

我知道你们会打听到这件事情(得癌症),瞒不了,别有遗憾,是幸事。算命的说,我13岁上就该没命了,只看遇到没遇到解开这绳索的人,遇到了,就可多留几日。

若离开,要怎么离开?赦免的离去。多感谢。

张叔

信2

晓红:

张叔的这封信被妈妈从姥姥树底下挖出来,拿走了,现在你结婚生子,生活稳定,我也没什么不放心的了,把它交给你。

看这封信时我就想,是烧掉还是篡改,都不好。办不了的事情就交给时间吧。

第一次见你张叔,是在医院里,妈妈那时40多了,青春将逝,你张叔29岁,进来看病,跟医生说话,绵绵的,一看就是搞艺术的。斜眼看过去,像有一道云彩在飘,真好看。时至今日,如果让我再选择一次，我还会选择他，但会换一种方式与他相处。

妈妈爱你呀晓红，超过了其他所有。当你和晓青从幼儿园里跑出来，我一眼认出你，觉得好快乐。只是这些东西很容易就被淹没，放冰箱里也不能保质。要心地纯洁才能让东西保鲜。后来一切都变了，我控制不了。不然也不行。

晓红，人真的有灵魂，你姥姥死后，我能强烈感觉到。

我期望你的一生都在期待彩色的糖果。我想你永远快乐。

活着从来都不是罪过。

如果你生活路途中某一段悲伤是因我而起，我会想办法将其拔除。你给我快乐，我应该偿还给你。没想到我会把事情搞得这样糟糕。

我的理解力太差了。

别为一段经历弄糟了你的一生。我们生来是女人，逞强不是生存之道，而是示弱，钱不是人人都有，但是脾气一定人人具足。示弱让我们更快乐。女人本就柔软。每次月经，都让我们重生一次，忘掉从前的哀伤，开始新的生活。

想想看，亲人也只不过这一世的缘分，爱与不爱，下一世都是陌生人。

妈妈

信3

母亲大人：

张叔这封信是写给19岁的我，如今我30多岁……我宁可它被埋在地底下,永不相见。

"它是一种明白,不是一种生活。"给我的永远是我的。

我哭的时候,你跟着哭,我笑的时候,你跟着笑。那不是明白。杯子里面装满了水,一口一口喝尽,见底儿了以为是真相,到头了。差远了,死都没到头。

"命运不是风,来回吹,命运是大地,走到哪儿你都在命运中,整个都是,有什么你还舍不得?"

心到头了,智慧还在路上。我是坏人。你是我母亲,这并不耽误我们在一起。

你让我学会了不好意思,见人就笑笑,见邻居就叫阿姨叫婶婶叫大大。

我半途插进你的生活,还没等明白,就有人插进我的生活了,有些事情,我真的没有办法回答。姥姥说,哄孩子就像哄孩子。我生的是儿子。闭上眼睛,都是他笑的样子。

我给他起名叫胖,写信时,胖在睡觉。今天我们吃了一块面包。

上次你说的炸香椿芽,我做了一次,张泉很喜欢吃,还给他的爸爸和小妈带过去一点儿。

我觉得,把鸡蛋清放到面里裹住香椿芽,油热了搁里,香气一下就能出来。下次您试试。

晓红

夹在日记中的遗书

妈妈,爸爸,晓青:

看到这封信时,我已经不在世上了。我23岁,活得够久了。

我刚跟史康看完电影《这个杀手不太冷》,回家之后,一切都不对了,浑身上下都不舒服。这样的肉体无法继续存活。

　　马蒂达说:"雷昂,帮我报仇,不然我自杀。"

　　马蒂达说:"雷昂,我爱上你了。"

　　雷昂最后为了马蒂达死了。

　　我是多么狠,死有余辜。

晓红于寝室

（完）

《幸福额度》幕后故事

选编剧：专业的做法是面试很多编剧

2010年11月，小马奔腾的王毅给我打来电话，说有个戏（《幸福额度》）在找编剧，投资方是某卫视。

"你要一直开着手机。"王毅说，"等着卫视那边联系你。"

两分钟后，卫视那边打来电话，大致意思我就明白了，《幸福额度》导演陈正道要从好多个编剧中选出一个合适的改编《幸福额度》。让我等导演通知去面试。

"拍过《盛夏光年》的陈正道，不知道你知道不知道？"对方问。

《盛夏光年》是我2009年看的电影，当时就想，谁拍的啊这是，这么不按理出牌？好像有我自己的一部分灵魂在里面，也有我自己想说的好多话卡在一个个镜头里，只是一直无法表达。他们电影有一种情怀，最起码的底限是，他们知道自己在拍电影，片子里都有一颗心。而《盛夏光年》的思维框架超出了我的想象力。看一部好电影，才会有好感觉。当时我就那么激动。

结果上网一查，我就颓了，人家导演拍这个电影时才26岁。

两天之后，接到一个陌生电话，对方说了半天，我一个字儿没听明白。

"你到底是谁？"在咖啡厅里写电视剧的我问道。

"陈正道。"对方说，"正道。"

"谁？"还是没懂。

"陈正道。"对方说，"正道。"

于是定了见面时间。地点在他北京的住所。

《幸福额度》的原剧本我两天才看完，特别长，记得将近5万字儿。接到电话后，我又看了一遍。

换公司：人生如戏，戏如人生

我认识陈正道这一年，他29岁。他往杯子里倒了水，递给我，等我发言。

"这个剧本，我看了5遍，并为此采访了5位拜金女。"我撒谎。

我把我采访的5个人的故事一个一个讲出来，又把可能跟剧本有关的情节摘出来，导演听得很认真，看我说完了，他就是那种从小长在资本主义地界儿的礼貌，目光炯炯地看着我，说他的想法，语速很快，我愣是一字儿没听懂，但毕竟是面试，我频频点头，假装听懂了。

这些被采访的女人都是我以前当记者时接触的。如今想来，多年积淀也都是因了这一天。他当场就定了我。之前他已经面试了很多编剧。

我也从没想过，我在这个小孩这里，正式入了行。后话。

后来，由于和卫视谈判崩裂，改成小马奔腾投资。算来我和王毅已认识10年，打第10年上，我们之间居然诡异地开始了正经事儿。在此感谢王毅的介绍。

这个电影是为林志玲量身订做的，我和导演改的时候，结合了她本人的特质，还有一些女人隐藏起来的残忍性格，林志玲对这些就不大习惯："怎么女人会干出这种事情？"这些东西在要开拍的时候像炸弹一样炸开，令所有人措手不及。后面我会写。

谈判崩裂之后，我们的第一稿剧本完成，给了小马奔腾，他们很满意，因为是他们收到的同类题材剧本中，质量最好的，它不飘，而且情节出乎意料。

但这之后，我们又改了不止8稿。有一天，我守着要修改的剧本，突然就哭了，人生怎么那么难，被浓缩加上规矩的人生就更难上加难。只是它是最美好的。我真怕我掌握不好。

嗑剧本：黑社会老大给我煮了一碗面条

一个好导演本身一定是一部精彩的电影。如果有能力，我想把陈正道拍成电影以获大奖。所以好多事儿，我打算放我电影里，在这里就提些能提的吧。

就在第一稿还在嗑的那一夜，会开到很晚，然后他说，你就在这里写，我和柔怡姐去找小马奔腾谈，说着穿上迷彩棉大衣出去了，脸上挂着资本主义地界儿惯有的那种不屈服与生气。他走后，副导演小旭买了一些吃的，我边吃边改。差不多两个小时后，导演他回来了，脸红扑扑的，他告诉我们谈还得不错，接着讲了一个又一个鬼故事。小旭学北京人说话。整个气氛一下子就快乐起来，柔怡姐去高兴地健身了。他真的很会讲故事，后来去片场，他不是利用空闲时间吃，就是利用空闲时间给大家讲鬼故事。有时候一堆人一起听，有时候只有一个人在听，有时候一个人也没有。

那是我这三年里最开心的一个晚上。

总是有导演说，有个好剧本，我也能拍出一个好电影。说这话的导演都挺不要脸的。第一，他是看了成功的电影之后才说这个话的，证明他之前缺乏判断剧本的能力。第二，即便是一个好本子，他也未必能拍出一部好电影，因为他缺乏对世间故事的最起码的信仰。他太仰仗别人了。

改剧本的过程中，陈正道告诉我，什么样的东西是他能拍得好的，什么东西是他能掌控的，这就是为什么，某卫视对电影风格提出各种见解，要求他拍得像谁谁谁时，他怒了的原因。他是双鱼座，很少发脾气，事实上，以后的日子里，我也没见他发过那么大的脾气。

"每个人都不是另一个人。"他说,"我生活的环境,我的语言环境只允许拍我自己的电影。"

我和他都喜欢复杂人性的感情,爱与恨放在电影里,都好。

基本上每改一次崩溃一次,崩溃一次就得再改一次。

不过这是我进入社会以来,最单纯的工作环境,要么嗑剧本要么吃外卖海底捞,柔怡姐要么坐在旁边听我们嗑剧本,要么从锅里捞菜放我碗里,据说,她是台湾经纪人的老大,这基本跟黑社会老大是一个意思了吧?有一天,黑社会老大给我煮了一碗面条,我战战兢兢吃了。

陈正道：别欺负我年纪小

之前我接触过很多导演，有的也在国际上拿过奖，他们要么端着自己的名气跟你谈剧本，要么为了占一个大便宜就走。记得一个导演说："知道现在流行什么吗？流行在台词里说出自己的思想，我也不要剧本好看，我要的就是电影热闹，演员穿得好。我电影的结尾没有结尾一是为了续集，二是为了拿奖，这样开放式结尾是高端的。"

陈正道不但一条条过我的台词，还把我这身毛病改掉了——后者可能不是他故意的。

他说，比如你画一张画，我们的电影要让观众看到他的长相和表情，而不是底下的骷髅。至于观众看到骷髅还是天使，就是编剧的本事了。这些是我总结出来的，他从不跟人讲道理。

趁着他还有几个月到30岁，还好欺负，我自己写了一版剧本给他，想知道他什么反应。结果他半夜电话我，说了3个小时，一个个电影说起，我都觉得他在电话那边哭了，他说，你知道吗佐耳，我看到一部好的电影就浑身发抖，为什么这么好的点子我没有想出来？后来他说，这个剧本写得很好，可是不是我要的，我不会用它。你难受吗？我挺怕你难受的。我说，我难受。他说，那我也不会用你这一版剧本。

多么有主意的一个导演啊。

后来开会，他问，我给你一张碟你回家看，但是要还。那个剧本我是不会用的，再后来开拍，他说，你来片场改剧本，但是你那个版本的剧本我不会用。

后来电影剪完了，他说，你要不要听片尾曲，但是你那个版本的剧本我不会用。

我再也不欺负他了。

有时我想,他也好意思这么年轻就明白这么成熟的事情。比如,他现在出的主意,我要一周后才懂。他3年前的《世界上最后一场雨》那个本子所传达的思想,也是我最近才琢磨出来的。所以,要看一个导演有没有水平,是不能看他微博的。他在微博里总发吃的和三叶草,好无聊啊。

有时我还想,要是没有遇到他,大陆的导演会给我这个机会吗?答案是,不会。只要没作品,他们就认为你没水平,曾经有个挺有名的导演大声嚷嚷:"我不要看剧本,我只要有人投资,我管那么多!"您怎么就那么豪气万丈呢。

陈正道和阎柔怡不是这么做事的。

投资方空档那几天,柔怡姐宽慰我,佐耳,你放心写,这个电影肯定会有人投资的。

陈正道当时特谦卑地问,我们换投资方了,你要不要跟着我们?

我有点懵,但还是假装高级了一下,跟吧。

杀青后的几天,他电话我,还有点伤心,不知道遇到了什么事儿,问,你说,我对编剧好吗?

一个那么热爱电影的导演天才,怎么可能会对编剧不好呢?而且,能够问出这话的人,一定是非常在意编剧的。

由于他特别爱说话,有时说完自己忘了有时也没忘,所以,有一件事儿可能是他自己不知道的,借此机会,我就絮叨一下。

大陆的编剧一度推崇罗伯特·麦基的《故事》,说看了这本书,就会成为一个天才编剧。而我,正是被这本书毁掉的,看完后，我不会写剧本了（实际上连采访都不会写了），怎么都是没用。之前我是能写的。一度我绝望地认为，我干不了这行了。但是……

陈正道导演他楞是把我拽回来了。虽然他自己不知道发生了这么大的事儿。

我不是一个爱混交际场所的人，所以，开机那天，陈正道问我要不要来吃开机饭，我一听就紧张了，不去。他语重心长，吃了开机饭算是入行了，你不来吗？我眼泪一下就下来了。

开机饭那条清蒸鲈鱼特别好吃，鱼很新鲜，我现在还记得吞咽下它们的声音。

新提案：林志玲拒演

真正让我们难过的不是改剧本，而是选演员，一听跟林志玲搭戏演，还要演得特洋气，女明星们纷纷打了退堂鼓。事实上她们是有先见之明的，林志玲在戏中穿着街头睡衣都让人惊艳。

终于，莫文蔚答应接演，无论是洋气方面还是人生阅历方面，她都很合适演这个角色。就是给的档期很少，莫文蔚也怕时间不够，而剧本又不是容易的剧本，琢磨就要3天时间，可她实在舍不得这个好机会。

也就是那几天中的某一天，陈正道把我叫到他那里，说，我有个特大的提案要征求主创的意见，所以要告诉你。

以他的性格，应该不是为了要告诉我特大的提案，而是要我惊讶。我想，你说什么我也不惊讶。他看我等着听，就说，因为没找到女二号，我准备让林志玲一个人演俩角色。

我还是吃惊了，后来我了解到，除了陈正道，没有人支持这个提案。

人人都觉得非常冒险，连林志玲都觉得这像是从险峰上蹦极，她看了两遍剧本，觉得剧本对演员要求很高，提了三个要求，一，跟导演长谈一次，以便理解角色；二，请一个最好的表演老师。三，如果她还是没有理解角色，她将拒绝一个人演两个角色。坚决不演。

那次长谈前后持续了6个小时，深入谈了很多问题。这里只说些能说的吧。林志玲非常不理解戏中出现的一夜情，她对所有电影的一夜情都反感，认为女生不大会一夜情。导演说，我认为一半的女生会有一夜情。林志玲说，那是男生，男生才会有高达一半的比例，会有一夜情。导演问，那一半的男生，会跟谁一夜情呢？林志玲方才醒悟，一拍巴掌乐了，原来这些都是真的！于是理解了一夜情那场戏。（林志玲果然是仙女，要是我就说，跟男生呗。）

陈正道坚信林志玲能演好一个复杂感情的女人，这不是直觉，而是理性的分析，不然他也不会下决断。就如王朔说，粉丝们的力量是强大的，但有时他走嘴了，会跑出一句："那些傻逼们捧我就是为了毁我。"明显的例子是，迪卡普里奥不顾粉丝们疯狂的哭泣，让自己变得粗俗，神经质，最终获得了奥斯卡，让人觉得他是天生的戏子，演什么都可以，人跨出这一步，是需要勇气的。让一个明星成功的最大因素不是他的演技，而是他找到了自己。

以前都是在电视上看林志玲，就觉得她每天都高高兴兴，优雅地活着，很简单很幸运。但没想到是如此深刻的人。在后来的表演课上，听她谈对角色的理解，还真是刮目相看，五体投地。

导演交待完这个消息，就一起再次嗑剧本。然后，我回家改剧本了。因时间紧迫，他要我两个小时就改好，但是他无论如何不会知道我内心的苦楚，那就是，我回家就要用两个小时。不过感谢上帝，我算上路上时间前后用5个小时改好了。其中一个小时我为了鼓励自己，对着镜子喊道，你好漂亮啊佐耳，你一定能成为电影明星的。于是有了毅力和决心，继续改剧本。

选演员：陈正道他偏选你们都不看好的

当初陈正道选廖凡演男一号，所有人都反对，因为廖凡长得像

是跟舒淇配对的,不像是跟林志玲。要怎么演床戏呢他们俩?我们考虑的是这个。但是导演他坚持自己的意见,就廖凡了。

廖凡看了剧本之后,当场就答应了。在拍摄过程中,也从未要求改剧本。很多人认为,他床戏演得特别棒。好多女粉丝都幻想让廖凡按到墙上那个,不是没有理由的。其他戏份则比床戏技巧还高超。

导演选廖凡却有他自己的理由,他没跟我们说,但是都记在了微博上:要让林志玲出演一个为柴米油盐忙碌的平凡女人,是一件十分困难的事情,毕竟要仙女扫地,也是个大工程,但是廖凡这个演员,在和对手演戏的时候,一定要让对手演出自己想要的那种状态。

正如导演所言,廖凡在跟林志玲对戏的过程中,一点点逼出了林志玲心中的黄脸婆。林志玲在片场没有跟其他男演员开很随便的玩笑,但是跟廖凡,休息的时候,她把水杯里的水倒在了廖凡脸上,两个人明显已经很熟悉了。

第一次见林志玲是在她的寓所,一些人坐在一起讨论剧本。

她看起来要比银幕上年轻,头发长长披在肩膀上,低头看膝头的剧本,一脸不解:"女主角这样做太狠了吧?"

开拍前的争论是激烈的,但是到了开拍后,一切问题迎刃而解。

"我会剪掉那些没用的。"导演说。

林志玲要电影中出现微博,要一个朴实的只爱爱情不爱钱的姑娘的故事。而陈正道对故事的掌握比这个往前飞跃几年,它要更高级。一个只爱穷生活的姑娘和一个只爱钱的姑娘的故事已经被电影讲烂了,但是没人去讲两个爱钱的姑娘的故事,难度太大,超出了剧本的架构。但是陈正道经过痛苦的思考，有了一个本该活在这个世界上50年的睿智老人的构思。

如果说看《盛夏光年》让我明白这个导演是不按理出牌的年轻人，那么参与《幸福额度》让我明白了这个导演是如何不按理出牌的年轻人。

经过这次以及后来几次的交谈，林志玲还是坚持："演不好我不接。"

实际上，林志玲真的是谦虚，她在这部戏中发挥得特别好。几次小马奔腾的人来探班，都没认出她来。有一次演喝醉的戏，她就下楼喝了两杯上来了，结果脸上的红晕是自带的，没化妆。世间真有如此仙女。

她的助理叫她小姐，导演叫她林老师，粉丝们叫她林志玲，她特别累的时候，会拍下巴掌，假装跟人家开玩笑，大笑。她特别爱照镜子。嘴不涂自红。

大家琢磨剧本那段时间，林志玲半夜失眠，灵感大发，打开电脑，对剧本提出修改意见，发给了陈正道，然后睡着了；陈正道半夜失眠，打开电脑，看到了意见，发给了我，然后睡着了；我半夜失眠，打开电脑，看到了意见，发给了小旭，然后睡着了；小旭并没有失眠，他一直呆在电脑旁，看到了意见，高兴得浑身发抖——用手指着电脑，突然，大笑起来。这是他这辈子都想不出来的高招哇。

所以，开拍前6个小时，小旭都是被捆在安定医院的床上的，6个小时被电击一次，看谁都像一个打开的竹扇子似的，好几个人影儿连着。

开拍前：最大的噩梦是个喜剧

陈坤看了剧本之后，答应接演，他非常喜欢陈正道的影片，也爱《世界上最后一场雨》这个剧本，本来要参演该片，结果电影没拍成，他实在是感到惋惜。但是，他觉得既然出现了合作机会，干吗不把他的戏份写多些呢？

于是改剧本。

杨佑宁是在拍摄一周后从台湾赶来的，当时林志玲刚拍完一场戏，跑过来，对他说："哎，在戏中，你要把我抱起来再摔下去耶。"

然后他们用台语聊天。周围一群台湾人。我觉得我幸好没出生在台湾,他们那儿的记者都没有收红包的规矩,我以前是做记者的,在台湾还不饿死?

于是欣慰了。

但是杨佑宁有个爱好,就是喜欢平时在片场讲一些莲蓬乳之类的东西,有一次把他助理讲吐了他还在讲,真是不像处女座的啊。

一次去导演住处下边的餐厅吃饭,在座的多了一个黄头发的人,此人面带着兴奋,焦虑,一看就是有故事的人,见我看他,此人笑了,我是头一次见到笑得那么羞赧的男人。柔怡姐介绍,他是摄影师江哥。

一些对社会充满敌意的人对从未拍过电影的摄影师持怀疑态度——请参看"廖凡"那一节的故事。

江哥在台湾是著名的广告摄影师,在陈正道一再争取之下,对人类充满敌意的人同意了陈正道的看法,结果看了拍摄成品之后,大为惊艳,他们对人类就更加充满敌意了。而江哥拍完《幸福额度》之后,认为不想拍电影的摄影师不是好摄影师。"多么想生活在电影镜头里,并找到心爱的神灵啊。"——这是吃关机饭时我从他的表情里读到的。

去探班:这几个明星啊,硬硬的都在

就我仅有的几次探班,林志玲演哭过两次,其中一次让陈正道坐在监视器前潸然泪下。

先说第一次,地点在竞园,那一场戏开拍前,蔡康永去探班,林志玲一下抱住他,他乡遇故知,北漂都挺不容易的,我想。

开始这场戏的时候,蔡康永站到监视器前看了一会儿走了,因为夜实在太深了,而且以蔡康永的修为,是不会打扰一个女明星拍戏的。于是,随着导演一声开拍,监视器里,林志玲转过头,满脸泪水。

导演一下愣住了,然后他说:"脸上是谁的泪水?无论谁的,不需要那个人的泪水。重拍。"

这场戏是允许演员脸上有眼泪的,但是没有就要处理得更高级。重拍时我们见到了。

对于美人垂泪,好多人进行了分析。

有人说,林志玲想家了,我却觉得,一,她入戏了;二,蔡康永的拥抱很给力;三,她可能真的特别累,她每天夜以继日拍戏,无论重拍多少次,从未抱怨过,到杀青那天,她的助理还在跟我们商量给大家买鸡翅好还是鸡大腿好。她的助理到杀青那天都累幻听了,说在卫生间有个男人跟她说话,有问有答的。回头一看没人。后来跟我们讲,问的什么答的什么都不记得了。可想而知,林志玲被累到什么程度。

这场戏是林志玲真正入戏的一场戏,所以,在拍她和陈坤夜晚在卫生间那场戏时,令在场所有人潸然泪下。有个人甚至没忍住,不得不跑到电梯旁大哭了一场,这人就是副导演小旭。

这场戏里,她先要酒后大醉吐到浴缸里,然后和陈坤在浴缸旁坐下来,没想到她一坐下,泪如雨下,泣不成声,台词都是她自己现编的。看到这里,导演潸然泪下。

林志玲的助理此时眼疾手快地说:"浴缸里没吐的东西哎,要不要倒些牛奶。"

"我去吐几口唾沫。"场记边擦眼泪边说。

中场换装的时候,助理说,她还在哭。出来拍下一场时,她还在哭。一共哭了半个小时。

陈坤喜欢双机拍摄,一天,他双机林志玲单机,他不停跟林志玲显摆:"我双机哎。"

看到导演边拍摄边发微博,他见谁跟谁说:"导演边拍摄边发微博。"

这场戏要拍的是他向林志玲求婚,导演喊开拍前,他突然说:"哎,志玲,导演边拍戏边发微博。"

林志玲后来跟导演说:"陈坤他好可爱啊。"

再后来陈坤则跟导演说:"林志玲好可爱啊。"

有一次,陈坤见到林志玲扮演的另一个角色,一下还没认出来:"你是谁?不是替身?你还有这身打扮?"

关于廖凡,我要放在最后说,因为我是那么喜欢他。

有一场林志玲掏廖凡裤袋的戏,要掏出手机,廖凡突然大笑起来:"掏错了,那不是手机,你能明白那不是手机啊。"

硬硬的还在就好啊廖凡。OMG,此时此刻我好想变成林志玲啊。

电影书:陈正道起了书名叫《幸福有罪》
_____

整本书一直到最后立项都按照不顺的痕迹经历种种波折,一直到遇到新星出版社。

陈正道说,我作为一个导演,对一个编剧该做的都做了。

电影开拍之前张罗这本书，合同就签了三个月还没签好。中间又忙些别的，后来有一天，我就想，就写女主角李晓红和她妈妈的故事，李晓红的母亲在电影中没有出现。如果电影是条横线，我想写条竖线，有交叉，同时完成小说的属性和宣传的目的。我把这个想法跟他说了，他同意了。

我是8月21号签订三方合同，晚上开始动笔写。9月初要交给出版公司。10月初上市。

小说写出来之后，种种原因，又和出版商谈崩了，换成新星出版社，和高磊打交道之后，陈正道和我种种乱七八糟的悲剧设想突然烟消云散。

借此机会感谢她。

小说写完第一个发给陈正道，他看了之后，问，你书名想好了没有。我才想起来这书要有名字。他又说了些别的，比如说要找一个特有名的策划来做这本书。

然后他又问，书名想好了没？

真没。

那叫《幸福有罪》吧？他问，你觉得怎么样？

当时我就傻了，这个小孩是如何读懂这么女性的小说的？而且情感很复杂。

"怎么你一下就抓住了最核心的东西？"我问。

"因为我们已经合作这么长时间了啊。"他说。

我妈跟我合作的时间更长，结果呢？

一个给电影起名《幸福额度》的人给这个电影的电影书起名叫《幸福有罪》，这个人的内在得疯狂成什么样子？不过我没敢跟他说这事儿，因为他会辩解，还不是因为你把书写成这个样子？但我还是没你疯狂。

几个朋友看了小说，都很喜欢。著名出版人杨葵赞叹，有畅销书的潜质。王小山说，每次看你小说都吓出一身冷汗，但还想看第二次，请问，你小说中的张叔是按照我原型写的吗？石康看完说，我以为，有小伍尔英的气质。

结语

我总希望我生活在电影里，自己编织的故事里，有困难也有成果，这是我想成为一名编剧的原因。饿了就吃道具，冷了就穿道具，孤独了就找个角色去爱，不爱了就换下一部戏。哭得像音乐。笑得像幅画。老了就死得像死神。

在此感谢陈正道，这个让我走进大银幕不想出来的小孩。我认识他时，他29岁。我将把这个打入我人生的胶片。